Gefühlsachterbahnfahrt

von Manfred Draga

Für Ulrike, Max

und Timmy 🐾

Bibliografische Information der Deutschen Nationalbibliothek:
Die Deutsche Nationalbibliothek verzeichnet diese Publikation in der
Deutschen Nationalbibliografie; detaillierte bibliografische Daten sind
im Internet über http://dnb.dnb.de abrufbar.

Herstellung und Verlag:
BoD – Books on Demand, Norderstedt

Lektorat: Nadine Zikofsky
Umschlaggestaltung: Ingo Diekhaus, Berlin
Buchsatz: Franziska Junghans, Ka & Jott, Bernau b. Berlin
Bild auf S. 1/280: Gordon Johnson, Pixabay.de
Bild auf der vorletzten Seite: Denise Lierhaus, Hilden

ISBN: 978-3-7578-3055-7

Manfred Draga

GEFÜHLS-ACHTERBAHN-FAHRT

Gefühlsachterbahnfahrt

Kennt ihr dieses alte, schöne und auch mulmige Gefühl, wenn man früher mit seinen Freunden auf eine Kirmes ging? Es gab leckere Zuckerwatte, ein kaltes Bierchen, jede Menge Popcorn und allzu fettige Reibekuchen.

Dann ging es schnurstracks Richtung Achterbahn!

Plötzlich wurde mir so ganz anders im Kopf, im Bauch und in den Beinen. Das Herz pochte wild und heftig. Der ganze Körper kam in so eine besondere Schwingung.

»Hereinspaziert, hereinspaziert, Herrschaften – eine neue Fahrt, eine neue Runde«, rief der Kerl mit Dreitagebart und weißem Bremserhemd.

Die Freunde kauften die Tickets an der kleinen, in die Jahre gekommenen Bude und wir nahmen Platz in einem der vielen engen Waggons. Zu guter Letzt wurden die schon rostigen Haltebügel mit einem satten Quietschen nach unten gezogen.

Zack war ich gefangen und keine Flucht mehr möglich.

Es folgte diese kurze, verheißungsvolle Stille und ich selbst saß in diesem engen Teil wie ein

Häufchen Elend, eingeklemmt zwischen zwei angetrunkenen Kameraden. Mein Blick ging zum Himmel und ich betete inständig, dass diese »Fahrt des Grauens« möglichst schnell und ohne bleibende Schäden an Körper und Klamotten vorbeigehen möge.

Doch dann – was für eine Überraschung!

Endlich kamen die Wagen ins Rollen. Die Jungs links und rechts grölten lauthals und reckten die Hände in die Höhe und ich selbst kam auch in solch einen schönen Trudel. Diese Schienen, die mal rauf und mal runter führten oder einen großen Bogen zeichneten, machten etwas mit mir. Das Ganze war besonders krass, wenn es eine große Achterbahn mit Looping war. Da stand die ganze Welt für mich Kopf.

Ja, all diese Schienen machten etwas mit mir.

Da gab es Glücksgefühle, rasenden Puls, kurze Verschnaufpausen, knallende Fahrten in den Abgrund und auch mal so ein zauberhaftes, fast schwereloses Schweben in luftiger Höhe.

Dies alles in einer so kurzen, lebhaften Fahrt und für nur wenige Münzen.

So schön!

Ich war beseelt und glücklich und wollte tatsächlich eine zweite Fahrt.

Und so, liebe Leser, sollen meine kleinen Geschichten des Lebens auch auf euch wirken.

Jede dieser Erzählungen soll euch weit nach oben katapultieren, euch schwindelig machen oder eure Herzen erstrahlen lassen. Lasst Melancholie, Lachen, Sehnsucht und Kopfkino zu.

Viel Freude auf dieser Gefühlsachterbahnfahrt – schnallt euch an und beachtet die Sicherheitsvorschriften.

Die Fahrt beginnt …

Stein im Schuh

Fotos sind unsere Begleiter durchs Leben. Jedes erste Album beginnt mit einer Ansammlung süßer, niedlicher Fotos: Baby im Kinderwagen sitzend, Baby auf Mamis Arm, Baby mit Flasche im Mund oder auch einmal Baby bei Oma auf dem Schoß.

Mein allererstes Bild im Manfred-Album ist jedoch so ganz anders. Da sieht man meinen Kinderwagen mit hochgeklapptem Schutz. Von mir selbst sind nur meine krummen Froschbeine und die nackten Füße zu sehen. Sonst nichts!

Nicht schlimm, sage ich mir dann jedes Mal beim Betrachten. Füße sind so immens wichtig, weil sie ja unser ganzes Körpergewicht tragen. Dazu gerne meine erste Geschichte, von einem Mann mit einer ganz besonderen Begegnung …

***

Sommer 2018, irgendwo in Köln.

Es war ein heißer Donnerstagnachmittag und die Sonne brannte seit Stunden gnadenlos auf den Asphalt. Von schützenden Wolken am Himmel keine Spur.

Wie immer stand er dort an dieser verflixten Ampel, die sich auch heute stur und beharrlich weigerte, von Rot auf Grün umzuschlagen. Vermaledeite Ampel! Er konnte ankommen, wann immer er wollte. Nie gab es eine befreiende grüne Phase.

Und so fluchte er innerlich und verwünschte auch diesen blöden rotleuchtenden Kerl aus Metall.

Zudem störte ihn schon seit einer Weile so ein Steinchen, welches ihm in einem seiner bequemen Turnschuhe gekommen war. Dies musste wohl gleich nach dem Ausstieg aus dem Bus passiert sein.

Verflixter Stein, verflixte Ampel, verflixter Tag!

Er kannte diese Ampel und wusste ganz genau, dass noch Zeit genug war, sich des Störenfrieds in seinem Schuh zu entledigen. Also ging er leicht seufzend in die Hocke, löste den Schnürsenkel, zog den Schuh behutsam aus, fischte den kleinen Stein geschickt heraus und betrachtete ihn ganz kurz:

Ein kleiner weißer Kieselstein in Herzform und mit einem roten Fleck am Rand.

Verdammt!

Tatsächlich blutete er ein wenig an der Fußsohle und spürte jetzt, wo er den Stein in Händen hielt, seinen Schmerz.

»Blöder, verflixter Miststein!«, rief er ganz laut und erbost und warf den Übeltäter im hohen Bogen über die Straße bis auf die andere Seite. Dorthin, wo die verhasste Ampel immer noch rot war und ihm was hustete.

Ehe er sich wieder erheben konnte, hörte er eine freundliche, helle, klare Stimme hinter sich sagen:

»Na, wenn das alles ist. Ihre Sorgen möchte ich haben, junger Mann. Wirklich!«

Und so drehte er sich um und sah fast auf Augenhöhe eine ältere, feine, elegant gekleidete Dame, die in einem Rollstuhl saß.

»Ich würde so gerne einmal mit Ihnen tauschen wollen und spüren, was es heißt, einen kleinen Stein im Schuh zu haben. Aber so ein Glück bleibt mir wohl ein Leben lang verwehrt.«

Hastig und ein wenig unbehaglich zumute stand er auf und wollte sich bei der Dame im Rollstuhl entschuldigen für sein plumpes, unbeherrschtes Benehmen.

Doch diese sagte nur:

»Auf, auf, junger Mann. Ihre verflixte Ampel ist soeben grün geworden. Schnell, beeilen Sie sich – sonst sehe ich wieder rot für Sie!«

Und so eilte er über die Straße und kam gedankenverloren auf der anderen, rettenden Seite an. Als er sich umdrehte, sah er der älteren Dame nach, die sich mit ihrem Rollstuhl Richtung Park bewegte, um dort wohl zwischen den Schatten spendenden Bäumen ein wenig zu verweilen.

Er dachte eine Weile über das soeben Erlebte nach und entdeckte, nicht weit von seiner verflixten Ampel entfernt, ein kleines Bistro. Dies erreichte er mit wenigen Schritten und trat ein. Er bestellte bei der freundlichen jungen Dame an der Kasse zwei Coffee to go, zahlte mit Karte und steckte schnell noch Zuckertütchen, einige Milchdöschen und Plastiklöffel in seine Jackentasche.

Dann eilte er flugs nach draußen, um erneut dorthin zu gehen, woher er gekommen war: Auf die andere Straßenseite, Richtung Park.

Tatsächlich fand er die alte Dame dort in der Anlage unter herrlichen, schützenden Laubbäumen sitzend.

»Entschuldigung, darf ich Ihnen wohl ein wenig Gesellschaft leisten?«, fragte er ein wenig außer Atem und bot ihr zugleich einen der beiden Kaffeebecher an.

»Gerne doch«, antwortete Sie freundlich wie vorhin an der Ampel, »aber bitte nur dann, wenn Sie auch Milch und zwei Tütchen Zucker für mich haben.« Und dann sah sie sein erstauntes und irritiertes Gesicht an und lachte herzhaft und laut und so wunderbar ansteckend.

Er erfuhr vieles über das Leben im Rollstuhl und wie es ist, als behindertes Kind aufzuwachsen – unfähig, auch nur einen Schritt zu gehen. Er hörte gespannt zu, die Zeit vergessend, und lauschte all ihren Geschichten rund um Wünsche und Hoffnungen und Träume.

»Einmal nur möchte ich auf eigenen Füßen tanzen können für eine ganze Nacht. Und dann wäre es mir verflixt noch einmal egal, ob ich einen Stein im Schuh hätte oder nicht. Tanzen, Füße spüren und vergessen, dass ich an diesen Stuhl mit Rollen gebunden bin. Verstehen Sie das, junger Mann?«

Er nickte betrübt und verstand.

Dann lächelte Timo an diesem Nachmittag zum ersten Mal ganz gelöst und ganz entspannt und sorglos.

Von nun an war dieser Park und dieser bestimmte Tag in der Woche reserviert für die beiden. Sie saß stets freundlich lächelnd mit dem Rollstuhl unter den herrlichen Bäumen. Er hatte jedes Mal zwei Becher Kaffee dabei und in seinen Taschen Milch und Zucker. Sie sprachen über das Leben, sie erzählten sich viele spannende Geheimnisse und sie lächelten sich beide freundlich und zufrieden an.

Die ältere Dame und der junge Mann wurden Freunde und schon bald bot sie ihm auch das »Du« an.

»Ich bin ab sofort die Gerda für dich – und du bist für mich der Timo. Und das ›Sie‹ lassen wir bitte ab sofort weg. Das passt doch jetzt nicht mehr. Oder?«

Timo nickte und lachte laut und dann sprachen sie wieder über dieses und jenes aus alten und neuen Zeiten.

Die Nachmittage vergingen wie im Flug. Und so langsam wurden die Blätter der Bäume bunter und das Laub auf den Wegen zum Park dichter. Der Herbst zog ins Land und es wurde ungemütlicher, windiger und manchmal fiel auch ein wenig Regen aus den Wolken.

Timo spannte dann einen großen Regenschirm auf, sodass seine Gerda und er einigermaßen trocken blieben und gesund. Doch auch mit Regenschirm blieben die gemeinsamen Themen nicht aus. Es war nie langweilig mit ihr und die Stunden im Park brachten immer neue spannende Geschichten zutage.

Was für eine schöne Zeit!

An einem warmen Nachmittag im Oktober wartete Timo dann vergebens auf die reizende ältere Dame. Er saß mit zwei Bechern kaltem Kaffee über eine Stunde auf der Bank.

Doch seine Gerda kam nicht.

Erst jetzt realisierte er mit Bedauern, dass er keinerlei Kontaktdaten von ihr hatte. Er kannte nur den Vornamen und ihr Alter. Familienname, Adresse oder Telefonnummer waren ihm unbekannt. Das war auch bislang nicht wichtig gewesen, da auf Gerda stets Verlass gewesen war. Sie war pünktlich wie ein Schweizer Uhrwerk und schon immer vor ihm an dieser Bank im Park gewesen. Und so machte sich Timo zum ersten Mal große Sorgen um seine Freundin.

In der folgenden Nacht hatte Timo dann einen merkwürdigen Traum:

Er träumte von Gerda, die ein wunderbares, glänzendes Ballkleid trug. Sie hatte ein junges, zauberhaftes und strahlendes Gesicht, schöne lange Haare – und tatsächlich Tanzschuhe an den Füßen. Zu seiner großen Überraschung stand Gerda auf, kippte den verflixten Rollstuhl zur Seite und tanzte durch den ganzen Ballsaal.

Sie drehte sich lächelnd und hüpfte vergnügt und so federleicht.

Gerda konnte auf eigenen Füßen stehen! Ein Wunder!

Alle Hoffnungen und Wünsche schienen wahr geworden zu sein. Wie zauberhaft, wie fantastisch dies aussah und so real.

Dann fluchte Gerda plötzlich laut (und böse) und zog einen kleinen schwarzweißen Stein aus dem Schuh, der sogar ein wenig Blut an der Steinspitze aufwies.

»Autsch – das tut ja weh. Verflixt!«, sagte sie laut lachend und steckte den Stein in die kleine Handtasche, die so wunderbar zum Kleid passte.

Timo lachte laut auf vor Freude – und fand sich dann aufrecht im Bett sitzend wieder. Oh je, es war alles nur ein Traum gewesen. Jammerschade und doch so derart lustig. Das musste er unbedingt seiner Gerda beim nächsten Treffen erzählen.

Wie fein.

Tage später saß Timo erneut auf der hölzernen Bank im Park und wartete. Von Gerda weiterhin keine Spur.

Er war wütend auf sich selbst, dass er keinerlei Kontaktdaten von ihr hatte. In einer digitalen Welt voller Mobiltelefon und Internet war so etwas schon sehr merkwürdig. Nervös blickte er auf seine Uhr und wollte gerade aufstehen und sich auf dem Weg nach Hause machen, als er einen jüngeren Mann auf sich zukommen sah, der in seiner Hand ein kleines Kästchen hielt.

»Guten Tag – du musst Timo sein, richtig?«, fragte er und Timo nickte erwartungsvoll und auch irgendwie wissend.

»Nun, ich bin Frank, der Neffe von Gerda. Ihr Lieblingsneffe, so würde ich dies einmal nennen. Leider muss ich dir mitteilen, dass Gerda heute nicht mehr kommen wird. Sie kommt auch nicht nächste Woche oder in den folgenden Wochen.

Sie ist vor wenigen Tagen ins Licht gegangen und wir haben sie gestern auf ihrem letzten Weg begleitet. Tut mir sehr leid Timo, aber wir konnten dich nicht erreichen.

Aber hey, Tante Gerda meinte, dass ich dich heute hier im Park treffen werde. Dies hier ist für dich.«

Dann überreichte der junge Mann das Kästchen, beide gaben sich die Hand und gingen ihrer Wege.

Stunden später saß Timo auf seiner Couch im Wohnzimmer. Immer noch hielt er das kleine Kästchen in der Hand, welches er bislang nicht öffnen konnte. Immer wieder rollten ihm Tränen über die Wangen und er musste an diese verflixte rote Ampel denken, an den kleinen blutigen Stein im Turnschuh und an die allererste Begegnung mit dieser freundlichen, älteren feinen Dame im Rollstuhl.

Wie konnte sie gerade jetzt gehen, wo alles so viel leichter schien und die Nachmittage beiden stets so gutgetan hatten!

Wie ungerecht und wie grausam das Leben doch sein kann.

Schließlich öffnete er dieses letzte Geschenk seiner guten Freundin und fand im Inneren einen kleinen bunten Stein sowie einen gefalteten hellblauen Zettel, auf dem zu lesen war:

»Lieber Timo – gerne hätte ich einmal getanzt und so einen Stein unter meinem Fuß gespürt. So wie du damals. Doch das Leben ist nicht immer ein Wunschkonzert und nicht immer läuft alles rund.

Ich danke dir für die schönen Nachmittage und hoffe, dass dich diese Nachricht erreicht. Versprich mir, dass du nie wieder über die verflixte rote Ampel oder einen störenden Stein im Schuh fluchen wirst. Denn das alles gehört zum Leben dazu. Pass auf dich auf. Deine Gerda«

Spät am Abend ging Timo spazieren. Er hatte den kleinen Stein in seiner Jacke verstaut, der von nun an sein Glücksbringer sein sollte.

Der Himmel war sternenklar und so schaute er hinauf und wünschte sich, dass Gerda nun dort oben voller Leichtigkeit und Glückseligkeit tanzen konnte.

So wie in seinem Traum.

Star Wars – einfach nur Star Wars

Wenn ich etwas zu Star Wars lese, höre oder gar sehe, dann bin ich wieder in den alten Zeiten mit meinen drei Helden. Dann strahle ich und bin wieder der zwölfjährige Junge aus den 70ern.

Es gibt für mich kein schöneres Märchen mit sauberer Trennung zwischen Gut und Böse, und ich werde diese alte Trilogie für immer und ewig lieben.

Und da bin ich wohl nicht so ganz allein …

***

Felix wollte dieses Jahr zu Karneval unbedingt als der schwarze Lord, Mister Darth Vader himself, gehen. Das musste einfach so sein.

Alle seine Kumpels liebten die schöne Prinzessin Leia, den frechen Schmuggler Han Solo oder aber den schmucken Helden Luke Sky-walker. Was für ihn okay war.

Aber jeder Held braucht im Leben auch einen starken Bösewicht, um wirklich glänzen zu können. Was wäre Schneewittchen ohne die böse Königin im Märchen? Einfach nur ein hübsches Mädel mit sieben Zwergen an der Backe.

Was wäre Dallas ohne J. R. oder der Denver Clan ohne Alexis gewesen? Stinklangweilig.

Gäbe es einen Batman ohne den bösen Joker? Er wäre nur ein crazy Typ mit schwarzem Latexanzug und Maske.

Und so war für Felix klar:

Darth Vader musste es in diesem Jahr sein. Und zwar mit so allem, was der finstere dunkle Lord der Galaxie zu bieten hat: schwarzer Anzug, schwarzer langer Umhang, schwarze Handschuhe, schwarze Stiefel, schwarzer Helm. Punkt. Die helle Seite durfte sehr gern Weiß und Gelb und Beige tragen. Die dunkle Seite hingegen trug immer kompromissloses Schwarz.

Punkt. Ende. Aus.

»Hi, Felix, was für ein Kostüm trägst du denn dieses Jahr?«, fragte Maya ihn neugierig und er antwortete nur knapp:

»Lass dich überraschen – du wirst staunen.«

Und dann lächelte er sie an und sie lächelte frech zurück und da war doch sicherlich auch irgendwie etwas mehr als nur dies Lächeln.

Oder nicht?

Oh, Mann – schwerer, langer Seufzer. Maya war genau der Typ Frau, mit dem Felix glücklich sein könnte für den Rest seines Lebens. Das wusste er einfach. Und zwar so richtig, mit allem, was dazu gehörte:

Kuss, Kissenschlacht, Hand in Hand am Strand, irgendwann ein Ring, mindestens drei Kinder, ein schickes großes Einfamilienhaus und natürlich ein familientauglicher, pflegeleichter Hund.

Das volle Programm eben. Keine halben Sachen. Das war ihm klar.

»Prima, ich freu mich. Du kommst doch zu meiner Party am Samstag, oder?«, fragte Maya und er nickte nur ganz kurz und so richtig männlich und sagte:

»Jepp!«

Dann ertönte auch schon die Klingel, die das Ende der Schulpause verkündete und beide gingen zurück in den Klassenraum.

Ich werde Darth Vader sein und du meine Prinzessin Padme Amidala, dachte sich Felix und sah kurz zu Maya hinüber, die noch schnell das Mathebuch aufklappte.

Dann betrat der Lehrer das Klassenzimmer und der Unterricht wurde fortgesetzt. Statt wilder Abenteuer im Weltall, zischenden Lichtschwertern in der Hand oder mithilfe der

Macht ein eigenes Imperium zu errichten, gab es nun schnöde Wahrscheinlichkeitsrechnung bei Herrn Westermann.

Seufz – wahrscheinlich würde Felix erneut nur die Hälfte vom Stoff kapieren und so sagte er ernüchtert zu sich selbst:

»Wahrscheinlichkeitsrechnung ist neben dem Wecker am Morgen und dem instabilen WLAN zu Hause die größte Geißel der Menschheit. Darth Vader würde das alles mit einem Fingerschnippen platt machen.«

Er hatte noch ganze fünf Tage Zeit, um sich filmgerecht auszustatten. Aber das war für Felix kein Problem. Es gab ja zum Glück Amazon, eBay und andere Plattformen im Internet.

Das digitale Zeitalter war ein absoluter Segen. Wenn er seine Mutter sagen hörte, wie diese früher in Stadtbüchereien nach Lernmaterial gesucht hatte, klang dies nach Mittelalter. Papa ging früher in einen regionalen Plattenladen, um sich eine Langspielplatte (!) zu kaufen, damit man diese dann auf einem Plattenspieler mit einer Plattennadel hören konnte.

Das war doch einfach nur ein gruseliger Gedanke und ging so gar nicht in seinen Kopf hinein.

»Zuhause ist da, wo WLAN ist«, sagte Felix immer, wenn er gefragt wurde nach den wichtigen Dingen in seinem Leben.

Gutes WLAN mit mindestens vier Balken, etwas Sättigendes im Kühlschrank, seine meist verträglichen Eltern und natürlich seine Maya.

Seufz!

Er hatte Maya vor gut zwei Jahren zum ersten Mal gesehen. Damals auf dem Pausenhof stand sie neben seiner Flamme Lena. Oder besser gesagt seiner Ex-Flamme Lena. Lena war nett gewesen und beide hatten eine verdammt gute Zeit miteinander erlebt mit all den Höhen und Tiefen, die wohl jeder so mit seiner allerersten Liebe hatte.

Dann jedoch kamen die dunklen Tage in die Beziehung und das war das Aus. Für ihn war das absolut okay gewesen und Lena hatte flott einen neuen Kerl an der Hand. Einen Tim aus der Parallelklasse. Was für Felix dann weniger okay war.

Männer und ihr gekränktes Ego – das ist wohl so ein abendfüllendes Thema.

Bei Maya hatte es sofort klick gemacht. Wenn auch bislang nur einseitig. Aber das würde sich dann auf der Party ändern. Das war sein Plan.

Maya hatte alles, was man sich als Mann so an seiner Seite wünschte: großartige Figur, ein zauberhaftes, sympathisches Lächeln, einen coolen Klamottenstyle und sie liebte Fußball. Mega!

Viele seiner Kumpels hatten wirklich sexy Girls zur Freundin und man konnte mit ihnen wunderbar lachen und nach der Schule abhängen. Und doch war dann schnell Schicht, wenn es um das Thema Fußball ging. Da reichte es so eben noch, wenn man Ronaldo oder Neuer erwähnte und die Mädels dann schwärmend mit den Augen rollten und »oh ja – total süß« von sich gaben.

Abseitsfalle, Einwurf oder Kölner Keller waren dann für die Mädels das, was für ihn die Wahrscheinlichkeitsrechnung war. Völlig belanglos und absolut entbehrlich.

Maya hingegen liebte Fußball, ging regelmäßig mit dem Papa ins Stadion und feuerte dort ihren Lieblingsverein an, der leider nicht der Verein von Felix war.

Aber hey – nobody is perfect.

Oft sprachen sie nach der Schule über das Wochenende und die Tabelle der Bundesliga und Felix war erstaunt, was Maya so alles wusste.

Mein Mädchen, schwärmte er dann immer und sah sie von der Seite ganz verliebt an und hörte nur noch mit einem Ohr zu.

»Siehst du das nicht auch so?«, fragte sie ihn und er schaute ganz verlegen und stotterte schnell ein:

»Ja. Absolut! Sehe ich auch so, Maya.«

Sie spürte bestimmt auch, wie verlegen er in ihrer Nähe war, dachte er. Maya konnte man nicht so leicht hinters Licht führen und so lächelte sie zurück und wusste ganz genau, dass Felix in diesem Moment nicht zugehört hatte.

Der Tag bis zur großen Karnevalsfete bei Maya im großartigen Partykeller näherte sich. Noch zwei Tage blieben Felix, um sein Vader-Kostüm zu perfektionieren. Er hatte bereits vieles zusammen und wartete nun noch auf das Imitat des Laserschwerts und auf den Helm mit eingebautem Stimmverzerrer.

Das würde sicherlich der Knaller des Abends werden, wenn er seiner Maya mit Vaders Stimme ins Ohr flüstern würde:

»Maya – ich liebe dich. Magst du mich denn auch ein wenig?«

Er konnte es kaum erwarten, dass der Helm endlich per Paketpost zugestellt wurde. Eigentlich war die Lieferung schon vor zwei Tagen angekündigt worden.

Mist. Ich hoffe, da ist jetzt nichts schiefgelaufen mit dem Teil. Das wäre das Ende, sagte sich Felix und schaute immer wieder nervös aus dem Fenster, ob er den Paketboten oder dessen Wagen irgendwo entdecken konnte. Aber tote Hose – an diesem Tag kam kein Paket mehr.

Der letzte Tag vor der Party stand an.

»Morgen ist die Nacht der Nächte«, riefen seine Kumpels auf dem Schulhof und malten sich in Gedanken schon aus, wie lecker das Bier und die Chips schmecken würden, wie cool man in seinem Kostüm aussehen würde und wer mit welchem Girl tanzen würde. Und es war Gesetz unter Kumpels, dass Maya tabu war für alle. Die war für den guten Felix bestimmt.

Männerwort!

»Hast du denn alles für dein geheimes Kostüm?«, wollte Florian wissen und Felix antwortete lässig:

»Jepp. Wird der Burner. Du wirst schon sehen«, und hoffte zugleich inständig, dass der Paketbote heute kommen möge.

Letzte Chance.

Gegen Mittag kam er nach Hause und in seinem Zimmer stand eine Kiste mit Absender »Amazon« auf seiner Couch.

Hurra – Jackpot!

Der Helm und das Lichtschwert waren endlich da. Das Kostüm war nun vollständig und seine Maya würde ihn bis ans Ende aller Tage lieben. Freudig erregt packte Felix die Kiste aus, die ihm merkwürdigerweise kleiner und auch viel leichter vorkam. Auf den Fotos bei Amazon sah der schwarze Helm von Darth Vader viel größer und viel schwerer aus. Aber oft schon hatte er erlebt, dass Fotos im Internet täuschen können und die Wahrheit dann eine andere war.

Sein bester Freund hatte einmal auf eine Anzeige im Internet geantwortet und sich dann mutig mit dem Mädel zum Essen verabredet. Und er kam bitter enttäuscht vom Meeting zurück und meinte nur:

»Die war so etwas von fake, Alter. Auf dem Foto sah die aus wie Katy Perry. Aber in echt hätte die Katy Perrys Oma sein können. Fünfzig Euronen für Pizza und Bier hat mich das gekostet. Never ever again.«

Und dann mussten beide herzhaft über Katys Oma lachen.

Endlich war das Paket offen, der Karton auseinandergeklappt. Das Lichtschwert war der absolute Hammer und lag wirklich gut in der Hand. Felix griff erneut ins volle Glück und wollte nun seinen schwarzen, imposanten Helm aus der Enge befreien – doch dann klappte völlig irritiert seine Kinnlade nach unten und seine Augen weiteten sich voller Schreck, als er sah, was er da in seinen Händen hielt.

»Ach du Scheiße«, kam ihm nur noch über die Lippen, »das ist ja mal ein Ding.«

Samstagabend war die Fete bei Maya und noch Jahre später redeten alle davon, wie cool alles gewesen war. Beste Musik aller Zeiten, toller, großer Partyraum im Keller, Eltern übers Wochenende verreist und die Stimmung war einfach nur top.

Jungs und Mädels feierten ausgelassen in Kostümen bis in die frühen Morgenstunden und hatten die Nerven so einiger Nachbarn erheblich strapaziert. Und doch blieb alles friedlich, ohne Polizei und ohne Gemecker, weil eben auch die benachbarten Eltern einmal jung gewesen waren. Sie wussten, dass so eine Party etwas Besonderes für die Jungs und Mädels war.

Fairplay in the Hood.

Aber vor allem redeten alle noch Jahre danach über diese Party, weil die bezaubernde Maya an diesem Samstagabend ihren Prinzen fürs Leben fand. Ein zugegebenermaßen eher ungewöhnliches Paar an so einem Abend, aber letztlich wissen nur die Sterne und das Universum, wo die Liebe hinfällt.

Und so tanzte ein süßes Mädel im sexy Trikot ihres Lieblingsvereins ganz eng und zärtlich umschlungen einen Blues mit einem komplett in schwarz gekleideten Darth Vader – der eine grüne Maske vom griesgrämigen Grinch trug.

Möge die Macht der Liebe immer mit dir sein, lieber Felix.

Kirschregen

Ich habe wunderbare Erinnerungen an meine Omi und meinen Opa mütterlicherseits. Beide hatten immer ein großes Herz. Es lag immer so ein gemischter Duft von 4711 und Zigarren in der kleinen Wohnküche. Und da war so ein grenzenloses Vertrauen.

Dort war meine Wohlfühloase und ich verbrachte eine meiner schönsten Zeiten als junger Bub.

Im kleinen gemütlichen Garten stand so ein alter, aber starker, stolzer Kirschbaum, der im Sommer voller reifer roter leckerer Kirschen war.

Was mich doch tatsächlich zur nächsten Geschichte bringt …

***

Mia liebte es, bei Omi zu sein am Wochenende. Ihre Eltern hatten nicht immer so viel Zeit, da beide schwer arbeiten mussten, und so war auch immer einmal eine Übernachtung von Samstag auf Sonntag bei Omi möglich. Diese lebte als Witwe in einem kleinen bescheidenen Reihenhaus, welches schon in die Jahre gekommen war – weit weg von der Stadt.

Hier auf dem Land gab es saftige Wiesen, viele herrliche Bäume und so viel Spannendes zu erleben.

Mia fütterte die Kühe mit Gras, die immer ganz nah am Zaun stehend muhten, sie streichelte die Ponys, die Mia freundlich mit einem Wiehern begrüßten. Sogar Kater Moritz, der nur noch auf drei Beinen auf Mäusefang gehen konnte, hatte keine Scheu vor dem kleinen Mädchen.

Jetzt war wieder Sommerzeit und da blühte alles in zauberhaften Farben. Freundliche gelbe Sonnenblumen lachten Mia an, fleißige Bienen summten in den Feldern auf der Suche nach süßem Nektar und am Himmel waren schneeweiße Wolken in sämtlichen Formen zu sehen: ein süßes Schaf von der Nordsee, ein Elefant mit gestrecktem Rüssel, ein hoppelnder Hase und sogar ein gefährlicher Drache mit Flügeln und spitzen Zähnen.

Ah, dachte Mia, ganz schön viele spitze Zähne hat der da. Ich laufe mal lieber schnell zu Omi.

Und so eilte das kleine Mädchen zum Haus der geliebten Großmutter, die Mia mit einer liebevollen Umarmung und einem dicken Kuss auf die Stirn empfing.

Heute war große Erntezeit.

Die leckeren süßen Kirschen an Omis Zauberbaum waren reif und der liebe Nachbar Jakob war schon vor Stunden vorbeigekommen. Er hatte sich mit einer großen Leiter und vielen Eimern bewaffnet, um bei der Ernte zu helfen.

»Hallo, Mia«, rief er von oben herunter »Aaachtung – Kirschregen!«, und schon purzelten die herrlichsten Kirschen wie ein roter Regenguss auf Mia hinab, die schnell die Hände aufhielt und einige dieser süßen Kugeln auffing. Dabei lachte sie so herzlich, dass auch Omi neben ihr und Jakob dort oben in den Ästen lachen mussten.

Tatsächlich schien es beinahe so, als lachte auch der Baum mit dem Kind.

Nach der Ernte kam dann der absolute Höhepunkt.

Die Eimer mit den Kirschen – das müssten so fünfzig bis hundert Eimer gewesen sein (meinte Mia) – wurden mit dem Wasserschlauch abgespritzt und somit die Früchte prima gereinigt.

Und dann, ja dann durfte Mia als Allererste hineinlangen und eine ganze Handvoll Kirschen nehmen und auffuttern. Das war der allerbeste und süßeste Geschmack, den Mia jemals auf der Zunge hatte.

»Mhhh, so köstlich! Omi, deine Kirschen sind viel besser als Mamis Gummibärchen.«

Und das war schon ein riesiges Kompliment, denn Gummibärchen von der Mama waren ansonsten immer auf Platz eins bei Mia.

Da lachte die Oma ganz laut und herzlich und sagte:

»Ach Mia, wie schön, mein Kind. Nimm dir noch eine Handvoll.«

Mit dieser zweiten Ladung in der Hand ging Mia dann spazieren, nahm eine Kirsche in den Mund und spuckte den Kern im hohen Bogen hinaus. Und dann folgte die zweite Kugel, die dritte und viele weitere mehr. Nach ungefähr der dreißigsten war die Hand leer und der Weg hinter Mia gesäumt mit Kirschkernen, die eine Reihe bildeten.

»Wenn ich groß bin, dann werden hier ganz viele Kirschbäume stehen und alle werden so herrliche Früchte tragen wie bei Omi im Garten.«

Dann lief das glückliche Mädchen flugs zurück, nahm noch einmal eine Handvoll dieser roten Pracht und ergänzte die Kirschkernreihe auf dem Boden um weitere Kerne.

So vergingen die Jahre.

Aus Mia war eine wunderschöne Frau und Mutter geworden.

Leider hatte es die Oma nicht mehr erleben dürfen, wie ihr Ur-Enkelkind geboren wurde. Das Haus der Großmutter war auch schon vor Jahren abgerissen worden und auch den schönen kleinen Garten mit dem Zauberkirschbaum gab es nicht mehr. Stattdessen stand da nun eine moderne helle Villa mit vielen großen Fenstern, die bis zum Boden ragten. Auf dem ehemaligen Garten glitzerte nun das klare Wasser des neuen prächtigen Swimmingpools.

»So schade«, sagte Mia zu ihrem Sohn Benny, der inzwischen sechs Jahre alt war und in Kürze zur Schule gehen würde.

»Dir hätten Uromas Garten und der Kirschbaum auch gefallen. Blöder Pool. Blöde neue Zeit«, sagte sie und spazierte mit dem Sohn traurig an den alten Wegen vorbei.

Dort, wo sie so glücklich ihre Kindheit verbracht hatte und wo einst Pferde, Kühe oder auch der freche dreibeinige Kater Moritz auf sie warteten.

Sie bogen in die rechte Seite des Feldwegs ein, dort, wo Mia als kleines Mädel immer so unbeschwert und fröhlich die Kirschkerne auf den Boden gespuckt hatte.

Tatsächlich war dieser Weg voller zauberhafter Magie!

Große starke, mächtige Kirschbäume standen dort rechts und links vom Weg und bildeten eine wunderbare Allee. An allen Bäumen hingen süße rote verlockende Kirschen, die aber leider für Mama und Sohn unerreichbar hoch waren.

»Oh, wie schade«, sagte Mia.

»Oh, wie schade«, sagte auch Benny und beide blickten sehnsüchtig hinauf in dieses zauberhafte Meer aus roten Früchten.

Plötzlich schien die Sonne wie eine helle, wärmende Taschenlampe durch die Äste dieser prall gefüllten Riesen und es war Mia beinahe so, als hörte sie ein leises »Aaachtung – Kirschregen!«, was ja nicht sein konnte.

Oder?

Wie von Geisterhand bewegten sich die Zweige und es purzelten Hunderte von diesen roten Früchten hinab auf Mutter und Sohn, die beide sprachlos dastanden und dann alles vom Boden aufklaubten.

Wie konnte das sein?

Erneut schaute Mia nach oben und sah einen fremden Mann zwischen den vielen Zweigen, der ihr und Benny zuwinkte und sie anlächelte.

Euch kann ich es ja verraten: Es war Lukas, der Sohn von Omis altem Nachbarn Jakob. Er hatte Mia trotz der vielen vergangenen Jahre erkannt und sich daran erinnert, wie sein Papa immer für das Lachen und Strahlen während der Kirschernte gesorgt hatte.

Nun tat er es ihm gleich und freute sich über die fröhlichen Gesichter von Mama und Kind dort unten. Dabei dachte er wohl auch an seinen lieben, allzu früh verstorbenen Papa, der sich bestimmt dort oben im Himmel mit Mias Omi über diesen zauberhaften Regen gefreut hatte.

Mia und Benny bedankten sich artig und winkten Lukas ebenfalls zu. Dann wurde alles schnurstracks mit nach Hause genommen und dort fair mit dem Ehemann und der jüngeren Tochter geteilt.

Und beide wurden nicht müde, der Familie zu Hause von diesem wunderbaren Zauber-Kirschregen zu erzählen.

First Love

Ja, die erste Liebe ist doch etwas ganz Besonderes und die sollte man doch eigentlich nicht vergessen.

Bei mir war es meine Grundschullehrerin Frau Happe aus Köln Bickendorf. Sie war immer so freundlich, eine wunderschöne Frau und ich durfte im Klassenzimmer immer ganz nah bei ihr in der ersten Reihe sitzen.

Seufz, jaja – die allererste Schwärmerei.

Darum geht's auch in dieser kleinen Geschichte …

***

Ich werde nie vergessen, wie ich dich zum allerersten Mal gesehen habe.

Damals war ich dran mit Einkaufen am Samstagmittag und da gab es diesen kleinen, aber gut sortierten Edeka-Laden, nicht weit weg von unserer Wohnung.

Der wurde von Frau Schmitz und ihrem Mann geführt, die auch in unserem Viertel wohnten, und die immer sehr pingelig und korrekt waren. Na ja, und streng waren die beiden zu den Kunden manchmal auch. Von wegen, »der Kunde ist König«.

Haha – nicht bei Edeka Schmitz.

Ich musste mich an diesem Tag wirklich sputen, denn die Öffnungszeiten waren in den guten alten Zeiten nicht so lang wie heutzutage. Da wurde pünktlich und akkurat um 13:00 Uhr geschlossen ohne Wenn und Aber – und laut meiner Armbanduhr war es da schon 12:35 Uhr.

Oh mein Gott! Stress pur.

Ich hatte mich extra mit einer ellenlangen Liste bewaffnet, um nichts zu vergessen. Alles, was man so im Haushalt brauchte, stand in allerschönster Handschrift auf dem Einkaufszettel.

Schreiben, ja, das konnte ich damals wirklich gut. Nicht so eine Krakelei wie heute, wo man selbst auf der Urlaubskarte von mir raten muss, was das wohl heißen mag.

Na ja, die Motorik ändert sich mit dem Alter. So hatte ich es mal irgendwo im Fernsehen aufgeschnappt oder irgendwie in einer Zeitschrift gelesen.

Aber hey, ich schweife ab.

Also, ich schnappte mir jedenfalls flugs einen Einkaufswagen und rappelte mit diesem nicht mehr ganz so neuen Gefährt von Regal zu Regal und warf alles hinein, gemäß meiner Liste in der rechten Hand:

Nudeln, Reis, Kartoffeln, Mehl und Zucker. Und bloß nicht das Nutella für den kleinen Bruder vergessen und die Erdbeermarmelade für Papa – sonst wäre Ärger vorprogrammiert gewesen. Tatsächlich hatte ich daher hinter NUT und ERDBM ein dickes Ausrufezeichen gemalt und dies in einer roten Farbe.

Da konnte absolut nichts schiefgehen.

Laut meiner Uhr war ich super in der Zeit, war sehr zufrieden mit mir und so näherte ich mich um sage und schreibe 12:52 Uhr der Kasse und der ollen Frau Schmitz, die schon ungeduldig mit den Fingern auf dem Deckel der Registrierkasse klimperte – als ich dich dort an der Kasse stehen sah.

Und innerhalb von Sekunden war es um mich geschehen!

Wahnsinn! Ein Blick genügte und schon hattest du mich in deinen Bann gezogen. Du hattest diese zauberhafte Kombination aus Weiß und Rot an und da stimmte wirklich alles an dir.

Bezaubernd, anziehend und eine absolute Sünde wert.

Und so lächelte ich dich ein wenig zögernd und auch scheu an und vergaß völlig die Uhr, als ein resolutes »zur Kasse bitte – und zwar heute noch. Wir schließen gleich!« von der liebreizenden Frau Schmitz kam.

So packte ich alles aus dem Einkaufswagen, Frau Schmitz tippelte alles akkurat in die Kasse und ich bezahlte dann alles akkurat mit D-Mark. Kartenzahlung gab es damals noch nicht und auch die Frage »Haben Sie Payback?« wurde Gott sei Dank nicht gestellt.

Das ist heutzutage eine echte Plage, wie viele Fragen man an der Kasse beantworten muss, und dann soll man auch noch neben der eigenen Postleitzahl die Geheimzahlen für die Kreditkarte im Kopf haben!

Schöne, gute, alte analoge Zeit sage ich da nur.

Na ja, schnell zurück zu uns. Zu dir und zu mir.

Mit Einkaufstasche in der rechten Hand und dich (!) mit der Linken fest umklammert, ging es dann raus aus dem Laden. Und keine Sekunde zu spät, denn die Türe wurde hinter uns beiden ratzfatz und rigoros abgeschlossen, die Jalousien zugezogen und das Schild an der Scheibe von »geöffnet« auf »geschlossen« umgedreht.

Die liebe Frau Schmitz hatte nun Feierabend und ich Glücklicher hatte nun dich an der Hand.

Vor lauter Aufregung hatte ich mal wieder rote Ohren, wofür ich nichts konnte. Schon als kleines Kind bekam ich die immer, wenn ich vor der Klasse etwas aufsagen musste oder wenn mich der Nikolaus im Pfarrsaal nach vorne zur Bescherung aufrief. Meine beiden Löffel glühten in diesem Moment wie die rote Nase bei Rudolf dem Rentier und ich spürte, wie die halbe Gemeinde tuschelte und über mich lachte.

Voll peinlich.

Aber an diesem Samstag war es mir schnurzegal. Ich konnte es kaum erwarten, dich nach oben in die Wohnung mitzunehmen. In mein kleines eigenes Zimmer! Denn an diesem Samstagmittag waren die Eltern in der Stadt und meine Geschwister noch bei Oma zu Besuch. Und so waren wir doch tatsächlich allein in der ganzen Bude.

Kaum zu glauben, aber wahr. Ab und an musste man in seinem Leben auch mal Glück haben.

Schnell brachte ich die Tüte mit den Einkäufen in die Küche und legte die verderblichen Lebensmittel wie Wurst und Käse in den Kühlschrank. So viel Zeit musste schließlich sein.

Und dann, dann ging ich endlich mit dir in mein kleines feines Zimmer und schloss mit zitternden Händen die Türe hinter uns.

Meine Güte, wie nervös ich damals war. Schrecklich nervös und doch auch so neugierig.

Ich setzte mich schließlich zur Beruhigung auf meine bequeme Couch, nahm dich erneut behutsam in die Hand und betrachtete dich in deinem zauberhaften Ensemble aus Weiß und Rot.

Und dann ...

... dann zog ich sekundenschnell dieses glitzernde Etwas aus, warf es schon fast achtlos auf den Boden. Ich biss herzhaft in deine dunkelbraune und weiße Schokolade, um endlich das gelbe Plastik-Ei mit dem spannenden Spielzeug aus deiner süßen Hülle zu befreien.

Du mein geliebtes, wunderbares und so verdammt leckeres Überraschungs-Ei.

Ja tatsächlich war es an diesem Tag so, wie in der Werbung versprochen. Du warst für mich Spannung, Spaß und Spiel.

Und so unheimlich lecker.

Danke für diese schönen Zeiten.

O Tannenbaum

Weihnachten ist so eine ganz besondere Zeit. Alles wird im Haus festlich geschmückt, in der Küche duftet es nach leckeren Plätzchen und im Wohnzimmer steht der herrlich mit Kugeln und Kerzen dekorierte Tannenbaum.

Das war schon immer so, irgendwie. Und wird wohl auch künftig so bleiben.

Nur halt ohne künstliches Lametta und gerne mit Wurzeln und natürlich aus fairem Anbau und, und, und …

***

Es war der 23. Dezember und Herr Müller hatte Stress – und zwar so richtig. Nein, nicht im Büro etwa. Da war alles prima und der Chef war überaus zufrieden mit seinen Leistungen und seinem Engagement für das Unternehmen.

»Müller – Sie sind unser bester Mann hier. Da dürfte sich so mancher Kollege mal ein Beispiel nehmen. Ich wünsche Ihnen und der Familie ein frohes Fest«, so sein Vorgesetzter zu ihm kurz vor den Feiertagen. Und Herr Müller hatte sich artig bedankt und zugleich auch gewusst, dass es nun gerade der falsche Zeitpunkt war, den Chef um eine Gehaltszulage zu bitten.

Na ja, dann eben im nächsten Jahr.

Auch zuhause mit Frau Müller, mit der Herr Müller seit beinahe siebzehn Jahren im ehelichen Bunde lebte, war alles fein und stressfrei.

»Thomas, du bist die Liebe meines Lebens und du weißt, ich mache mir ja sonst nichts aus Schmuck zur Weihnacht. Aber beim Juwelier Meyer in der Stadt, da hatte ich dieser Tage so eine schicke Goldkette gesehen, die prima zu meinem Ehering passen würde«, sagte ihm seine Anja.

Und für ihre Ehrlichkeit und Offenheit liebte Herr Müller seine Frau absolut und bedingungslos.

Auch mit seinem Sohn verstand sich Herr Müller prima und begründete so manche Laune seines Sprosses mit der aktuellen pubertären Phase, die ja jeder junge Mann einmal durchlebte.

»Papa, nerv nicht und klopf vorher an, ehe du in mein Zimmer kommst. Jeder Mensch hat ein

Recht auf Privatsphäre. Übrigens könnten wir eine neue FRITZ!Box gebrauchen, das WLAN hier oben ist echt aus der Steinzeit«, sagte Malte im vertrauten Vater-Sohn-Gespräch zu ihm.

Ja, sein Sohn war sein ganzer Stolz und kam so ganz nach seiner Mutter.

Auch mit den Nachbarn links und rechts hatte Herr Müller ein überaus freundschaftliches und stets konstruktives Verhältnis.

»Herr Müller, ich habe mal vor Tagen Ihre Hecke am Zaun gemessen und die ist leider 20 cm höher als erlaubt. Da sollten Sie vielleicht einmal Abhilfe schaffen«, meinte der stets besorgte Nachbar von rechts zu ihm.

»Na ja, Herr Müller – in den heutigen Zeiten ist Mülltrennung das A und O unserer Gesellschaft. Und ich habe da bedauerlicherweise entdeckt, dass in Ihrer gelben Wertstofftonne auch Papier war. Daran sollten Sie unbedingt arbeiten – schon allein aus Respekt vor unseren Kindern. Schönen Tag noch«, belehrte ihn die nette Nachbarin links, die an den Wochenenden immer auf Demonstrationen der Letzten Generation zu finden war. Fröhliches Kleben auf Landstraßen und vor dem Rathausplatz konnte so einen genialen Spirit bewirken.

Nein, auch mit den liebenswerten, freundlichen Nachbarn lief alles rund, akkurat und absolut zufriedenstellend.

Auch mit der geheimen Freundin, die Müller so ab und an mal für ein wenig körperliche Fröhlichkeit und Abwechslung in seinem Leben traf, war es zauberhaft wie vor einem Jahr.

»Mensch, Thomas – sei doch jetzt nicht so sauer und traurig. Wir hatten doch eine megacoole Zeit zusammen und die kleine Maus sieht dir wirklich verdammt ähnlich. Aber nun habe ich den Roger kennengelernt und der will mit uns nach Australien ziehen. Wir können uns ja schreiben und den Unterhalt für Deborah kannst du mir bequem überweisen«, erklärte ihm seine Freundin achtsam eine Woche, bevor sie mit dem Lover und der gemeinsamen Tochter in die Ferne flog.

Nein, auch mit Freundin Anna lief alles wie am Schnürchen.

Stress hatte Herr Müller nur mit einem Thema. Er hatte noch keinen Tannenbaum für den Heiligen Abend besorgt! Und Heiligabend war morgen.

Eine schöne Bescherung.

Also machte er sich am Abend des 23.12. bei klirrender Kälte und schneebedeckten Straßen auf, um den daheim noch leeren Platz neben Couch und Fernseher mit einem wunderbaren Tannenbaum zu füllen.

»Denk daran, dass ich so einen schiefen, krummen Baum wie im letzten Jahr nie wieder haben möchte. Alle Freunde und Nachbarn haben sich lustig gemacht über dieses Etwas«, hatte ihm seine geliebte Anja liebevoll und achtsam mit auf den kalten Weg gegeben.

Sein Sohn Malte musste leider aus privaten Gründen absagen, als ihn Papa Müller um Hilfe bat beim Tragen des grünen Mitbewohners.

»Sorry Dad, ich muss bedauerlicherweise noch ein wenig für Mathe pauken«, waren seine durchaus plausiblen Argumente für das Nein und dann setzte der Sohn wieder seine Kopfhörer auf und hörte die neuesten Songs auf YouTube.

Schon bald war Herr Müller mit knallroten Ohren und triefender Nase beim Händler seines Vertrauens angekommen. Bauer Ulf Mertens hatte immer noch etwas in seinem Fundus, wenn schon alle anderen Verkäufer im Umfeld die Segel strichen.

»Guten Abend, Ulf«, sagte Herr Müller freundlich und achtsam.

»Gibt es noch Tannenbäume bei dir, die schön gerade, von allen Seiten gleichmäßig gestaltet und oben nicht so krüppelig und unten nicht allzu wuchtig sind und durchaus meiner Anja gefallen könnten?«, wollte er wissen.

Und Bauer Mertens lächelte ihn freundlich an und zeigte auf den großen, dampfenden Topf an seinem Garagentor.

»Mensch Thomas, du bist ja starr und steif gefroren. Nimm dir mal einen großen Schluck aus dem Topf«, lud er Müller ein.

Und so nahm sich unser armer Held dieser Geschichte eine Tasse aus dem Regal der Garage, füllte diese großzügig mit dem selbst angemachten Glühwein des Gastgebers und nahm einen großen Schluck.

Herr Thomas Müller lächelte tatsächlich zum ersten Mal an diesem Tag.

Dann startete die große Tannenbaum-Show auf dem Hof von Bauer Mertens.

Viele Modelle wurden aufgestellt, hin und her gedreht, begutachtet und immer wieder gab es etwas zu bemängeln. Der eine Baum war zu dürr, der andere zu wuchtig und der dritte zu groß. Ulf Mertens lächelte nach der fünften Absage immer noch achtsam und zeigte erneut auf den Zaubertopf mit den Worten:

»Sei mein Gast!«

Die gute Tasse wurde abermals gefüllt und so langsam kam die gesunde Gesichtsfarbe bei Müller zurück und auch seine gute Laune.

»Gutes Zeug«, lächelte er Bauer Ulf an, »so etwas schmeckt echt nur dann, wenn es wie Sau friert und Weihnachten vor der Tür steht.«

Und so ging das Ganze auf dem Hof weiter.

Nach gut neunzig Minuten war der Zauberkessel nur noch zur Hälfte gefüllt und Thomas

Müller sorglos und glücklich wie lange nicht mehr. Jeder Tannenbaum, der ihm nun zur Begutachtung hingestellt wurde, sah zauberhaft aus, perfekt geformt, engelsgleiche Nadeln, hervorragend gewachsen, akkurate Dichte und das Leben war sowieso wunderschön.

Müller und Mertens lagen sich in den Armen, sangen beschwingt zusammen »O du Fröhliche« und noch als Zugabe »Schneeflöckchen, Weißröckchen« und tanzten dabei wie zwei junge Teenager in ihren besten Jahren.

Man war sich schnell einig unter guten Freunden. Geld und Tannenbaum wurden getauscht, der grüne Kamerad perfekt ins Netz gebunden und noch ein letzter Schluck Glühwein auf das gute Geschäft gehoben.

»Prost Thomas, mit dir trink' ich am allerliebsten«, sagte Ulf zum Abschied und brachte Herrn Müller in die Pole Position, damit er ungefähr dort ankam, wohin er und Baum sollten: nach Hause zu Frau und Sohn!

So torkelte Herr Müller mit seinem Neuerwerb im Schlepptau die verschneite Straße hinauf und war beseelt. Er zückte sein Handy und wählte auf dem Display die Nummer seines Chefs, der nach wenigen Klingeltönen auch am Hörer war.

Thomas sagte ihm in wenigen Sätzen, was er wirklich von ihm als Boss und von seinem Job hielt, und da kamen auch so weniger achtsame Worte vor, die mit A, mit B oder auch mit SCH anfingen.

Dann drückte unser Held, mit sich und der Welt zufrieden, auf den roten Knopf.

Ende des Telefonats.

Nun kam Ex-Freundin Anna dran, die er am anderen Ende der Welt in Canberra erreichte, und teilte ihr mit, dass er künftig auf den Kontakt zu ihr und der Tochter pfeifen, die Zahlungen ab sofort einstellen würde und sowieso einen Vaterschaftstest plane. Und wünschte ihr und dem neuen Lover mit Namen Roger die Hölle auf Erden.

Er drückte erneut auf die rote Taste und Anna und Australien waren erledigt.

»Wie gut es sich doch anfühlt, wenn man endlich einmal für klare Verhältnisse sorgt. Alles roger mit Roger«, lachte Thomas Müller über sich selbst und spürte so langsam, wie sich die 1,2 Liter Glühwein weiter unten im Körper bemerkbar machten.

Also ging er nun ein wenig schneller mit seinem perfekten Tannenbaum im Netz, erreichte den Vorgarten seines rechten Nachbarn und erleichterte sich mit einem perfekten Strahl, dem jeder Urologe eine Eins mit Sternchen gegeben hätte, in dessen akkurat geschnittene kleine Hecke. Unser Thomas lachte vergnügt wie ein kleines Kind beim allerersten Streich. Mit »ich habe fertig« wurde der Reißverschluss geschlossen.

Anschließend kippte er die Inhalte seiner Restmülltonne, die schon sehr eklig und verdorben mieften, in die gelbe Wertstofftonne der stets engagierten Nachbarin zu seiner linken Seite und rief dabei lauthals:

»Yippie-ya-yay, Schweinebacke!«

Man konnte so langsam erahnen, dass dies noch nicht das Ende des Abends sein sollte.

Die Türe des Eigenheims wurde aufgeschlossen und mit einem lauten »O Tannenbaum, O Tannenbaum« zog unser torkelnder Hausherr ins Wohnzimmer ein. Er hinterließ mit seinen Stiefeln voller Schnee und Matsch und dem verdreckten Baum dahinter eine Schneise der Verwüstung, während die Frau auf der Couch mit geweiteten Augen und offenem Mund dieses Schauspiel verfolgte.

Sohn Malte, der eine Etage höher immer noch mit seinen »Hausaufgaben« beschäftigt war, bekam von der ganzen Bescherung weiter unten Gott sei Dank nichts mit.

Ho, ho, ho.

Was danach folgte, das überlasse ich nun euch und eurer Fantasie, meine lieben Leser.

Hoffen wir einmal, dass der Tannenbaum wirklich so perfekt gewachsen und geformt war, wie ihn unser Thomas Müller in Erinnerung hatte. Doch ich befürchte, das Teil war noch viel schiefer als in den Vorjahren.

Sicherlich wird der Vaterschaftstest negativ gewesen sein, sodass keine weiteren Zahlungen mehr Richtung Australien erforderlich waren.

Nette Nachbarn lassen zudem immer mit sich reden und sind für jeden kleinen Spaß zu haben. Da würde man unserem Herrn Müller an solchen besinnlichen Tagen nichts nachtragen.

Der Chef hatte sicherlich auch schon mal in seinem Leben den einen oder anderen über den Durst getrunken. Da würden sich die Wogen auch bald wieder geglättet haben.

Soweit unsere Wünsche an den guten Mann.

Na ja, und seine Frau, die ihn so von Herzen liebte, wird auch mit einer Schachtel Pralinen und dem allerneuesten Schnellkochtopf unter dem schiefsten, schlimmsten Tannenbaum aller Zeiten vor Glück gestrahlt haben.

Schließlich war und ist Weihnachten doch noch immer das Fest der Liebe!

Hut mit roter Schleife

Als mein Opa in den 70ern starb, da wollte ich nichts anderes von ihm als Andenken haben als seine beige Kappe, die er stets getragen hatte. Diese lag nach seinem Tod traurig und vom Besitzer verlassen auf der Ablage der Garderobe.

Omi schenkte sie mir schließlich und ich trug sie jahrelang mit Stolz.

Sie passte einfach zu mir.

Es war so, es wäre mein Opa durch das Tragen der Kappe immer bei mir gewesen. Wer weiß …

***

Es war schon dunkel, als der Zug im Kölner Hauptbahnhof einfuhr. Jennifer schob aufgeregt das Fenster ihres Abteils nach unten, um einen Blick auf den Kölner Dom zu erhaschen, der um diese Zeit immer herrlich beleuchtet wurde von zahlreichen Lichtern um ihn herum. So eine Beleuchtung war recht aufwendig und vorwiegend für die vielen Touristen gedacht, die dieses Wahrzeichen der Domstadt auch nachts genießen sollten.

»Wie schön«, sagte Jennifer, als sie das hell erleuchtete Bauwerk sah. »Endlich bin ich wieder zu Hause.«

Eine ältere Dame im selben Abteil warf ihr einen bitterbösen Blick zu, zog sich demonstrativ das violette Tuch dichter um den Hals, schüttelte sich leicht und kniff die Augen schmerzhaft zusammen.

»Oh, Entschuldigung, ich schließe das Fenster sofort wieder«, erwiderte Jennifer und schob die Scheibe wieder sanft nach oben.

»Es ist nur so, dass ich seit vielen Jahren nicht mehr in meiner Heimatstadt war. Und da wollte ich meinem Dom schnell einmal zuwinken.«

»Schon gut, Kindchen. Das verstehe ich natürlich«, antwortete die ältere Dame und lächelte nun gefühlt zum ersten Mal seit der Abfahrt in Hamburg.

Jennifer nahm ihre kleine Tasche aus der Ablage, setzte den zauberhaften gelben Hut mit der roten Schleife auf und verabschiedete sich höflich von der Dame mit dem violetten

Halstuch. Dann verließ sie das Abteil, eilte mit schnellen Schritten zur nächstbesten Tür und spürte endlich wieder Kölner Boden unter ihren Füßen.

So schön.

Tatsächlich kullerte ihr vor lauter Rührung eine kleine Träne die Wange hinunter.

»Wie albern«, maßregelte sich Jennifer selbst. »Jetzt reiß dich mal ein wenig zusammen.«

Und dann ging sie schnellen Schrittes hinaus aus dem Hauptbahnhof, schaute noch einmal kurz hinauf zum Kölner Dom und stieg dann in ein Taxi, während der Fahrer ihre kleine Tasche auf die Rückbank legte.

»Sorry – mein Kofferraum ist leider voll. Ich bin zum dritten Mal Vater geworden und nun dient auch mein Taxi als Ablage für Kinderwagen, Schaukelpferd und jede Menge Spielzeug«, erklärte der Fahrer.

Jennifer lächelte verständnisvoll, nannte dann das Ziel und das Taxi setzte sich in Bewegung.

Unterwegs schaute Jennifer sehr oft mal rechts und mal links, stellte erstaunt fest, wie sehr sich ihre Stadt in den letzten fünfzehn Jahren verändert hatte, und wirkte ein wenig traurig.

»Bedrückt Sie etwas, junge Dame? Kann ich Ihnen irgendwie helfen?«, fragte der Taxifahrer.

Doch Jennifer winkte freundlich ab und versicherte ihm, dass alles in Ordnung mit ihr sei und er sich keine Sorgen machen müsse. Und so wurde die Fahrt schweigend fortgesetzt.

Nach gut dreißig Minuten hatte das Taxi den Zielort erreicht: der ehrwürdige Melaten-Friedhof an der Aachener Straße im Stadtteil Lindenthal.

Hier stieg Jennifer aus, zahlte die Taxigebühr inklusive eines angemessenen Trinkgeldes, nahm die Tasche von der Rückbank und setzte ihren gelben Hut mit der roten Schleife auf.

»Der steht Ihnen ausgezeichnet«, sagte der Fahrer.

Sie bedankte sich mit einem kurzen Kopfnicken, wünschte dem freundlichen Mann noch einen guten Tag und schaute sich kurz um. Dann machte sich Jennifer auf den Weg zum besagten Friedhof.

Fünfzehn lange Jahre war sie nicht mehr hier gewesen und hatte vor Tagen in Hamburg entschieden, dass es Zeit für einen Besuch war.

Jennifer passierte viele wohl gepflegte Gräber, kalte Grabsteine mit Inschriften, und sie wusste nur zu gut, dass jeder Stein eine eigene Geschichte erzählte von Geburt, Leben und auch Tod eines Menschen.

Ein kurzes, aber auch irgendwie komplettes Tagebuch eines Lebens. Wenige Ziffern reichten aus, um so eine Geschichte vor Augen zu haben – ob jemand ein langes und mutmaßlich glückliches, erfülltes Dasein hatte oder eben allzu früh aus der Welt scheiden musste.

Wenn ich einst gehen muss, dann will ich keinesfalls mit so einem steinernen Tagebuch enden, entschied Jennifer in diesem Augenblick.

Lieber setze ich meine Reise ins Licht als verstreute Asche auf dem Meer fort. Ohne kalten Stein und ohne Pflegeaufwand durch die Hinterbliebenen.

Dann war sie endlich am Ziel ihrer Reise angekommen: am Grab ihrer geliebten Großmutter.

Jetzt endlich konnte Jennifer ihrer Omi für all das danken, was ihr in den letzten fünfzehn Jahren Gutes widerfahren war.

Sie hatte ihr langes schmerzvolles Krebsleiden tatsächlich besiegt, auch wenn sämtliche Ärzte sie schon aufgegeben hatten.

Sie hatte ihren Traumberuf in Hamburg gefunden und den Traummann noch dazu, mit dem sie eine glückliche Familie mit einer zauberhaften Tochter gründete.

Sie lebte dort oben in einem kleinen bescheidenen Haus mit Blick auf einen See, was sie sich schon als Kind immer gewünscht hatte. Die wohl besten Nachbarn, die man sich nur vorstellen konnte, wohnten links und rechts neben ihr und achteten auch ab und an auf ihre Tochter.

Und Jennifer hatte in den vergangenen fünfzehn Jahren mehrmals extremes Glück gehabt.

Nur knapp entging sie einem tödlichen Unfall auf der Autobahn, als ein Lkw-Fahrer am Steuer eingeschlafen war und ungebremst in ein Stauende fuhr. Es gab mehrere Verletzte, leider auch zwei Tote. Jennifer selbst hatte keinen Kratzer davongetragen.

Nur wenige Monate später überlebte sie einen heftigen Sturz beim Fensterputzen aus dem zweiten Stockwerk ihres Hauses. Glücklicherweise landete sie sanft auf einem Stapel leerer Kartons, den ihr Mann dort vor dem Haus abgelegt hatte.

Weitere drei Jahre später verpasste sie, aufgrund einer Reifenpanne am Wagen, ihren Flug nach Ibiza. Der Flieger stürzte bedingt durch einen Triebwerkschaden tragisch über dem Meer ab. Es gab keine Überlebenden.

Alles so, wie es die Omi kurz vor dem Tod vorausgesagt hatte:

»Mein liebes Kind. Du hast mich oft gefragt, warum es mir immer so gut geht und ich im Vergleich zu anderen alten Menschen nie krank wurde. Und warum ich beide Kriege ohne großen Schaden und Verwundungen überleben konnte.

Nun, das alles lag an diesem gelben Hut mit der roten Schleife.

Ich habe ihn immer und überall getragen und er war irgendwie mein Schutzschild. Frage mich bitte nicht, warum, liebe Jennifer. Aber so war das.

Und daher möchte ich dir diesen wunderschönen Hut schenken, weil er jetzt immer dir Glück bringen soll. Weil ich dich mehr liebe als mein Leben, mein süßes Kind. Ich hatte es bereits versäumt, den Hut deiner Mama zu schenken. Als ich realisierte, was der Hut bewirkt, war es leider zu spät.

Bitte Jennifer, trag du jetzt diesen Hut für alle Tage deines Lebens. Er wird dir gute Dienste leisten.«

All diese Worte, die Oma damals vor fünfzehn Jahren zu ihr sagte, hatte Jennifer nie vergessen und den Hut stets getragen. Vielleicht war dies ein magischer Hut, der diese Macht besaß, Unheil zu verhindern.

Vielleicht war alles aber auch nur Zufall gewesen und das Leben hatte es einfach gut mit ihr gemeint.

Die Großmutter schenkte Jennifer den Hut mit einem zufriedenen Lächeln und gab ihr einen liebevollen Kuss auf die Stirn. Am darauffolgenden Tag starb sie mit 92 Jahren, plötzlich, völlig unerwartet und doch auch friedlich.

So sagte Jennifer am Grab »Danke Omi«, strich liebevoll und voller Wehmut über den kalten Grabstein und verließ still und leise den Friedhof.

Den gelben Hut mit der roten Schleife würde sie nun zuhause der geliebten Tochter übergeben. Damit auch ihr all dies Glück zuteilwerden konnte.

Gipfelstürmer

In meinem bisherigen Leben war ich erst einmal in den Bergen. Da war ich sechs Jahre alt und verlebte eine dreiwöchige Kur im Berchtesgadener Land.

Erinnerungen habe ich kaum noch daran.

Es gab den klaren Königssee, jede Menge Kühe und den stolzen Watzmann, der imposant und schneebedeckt alles überragte.

Was muss das für ein Gefühl sein, einen solchen Berg einmal besteigen zu dürfen …

***

Gestatten Sie, dass ich mich kurz vorstelle: Mein Name ist Jens Berger, heute fünfunddreißig Jahre alt. In meinem ganzen Leben war ich nie ein Feigling gewesen. Immer war auf mein

Wort Verlass. Immer hatte ich sauber abgeliefert. Immer war mit mir zu rechnen.

So auch damals, als die Kumpels mir diese Hammerwette vorschlugen. Da war ich sofort dabei, schlug in die Hände der Jungs und die Wette galt.

»Wetten, dass du es nicht zehn Mal bis zum Gipfel schaffst in einer festgelegten Zeit? Wetten, dass du vorher das Handtuch wirfst und wie ein Weichei aufgibst? Zehn Mal hat es bislang noch keiner geschafft. Too much.«

Na ja, damals war ich gut in Form, jung und sportlich und achtete schon sehr auf meinen Körper. Da war kein Gramm Fett zu viel am definierten Body, nichts schwabbelte, nichts schmerzte. Bei den bisherigen Bundesjugendspielen an unserer Realschule hatte ich immer so sicher wie ein Schweizer Uhrwerk eine Ehrenurkunde erhalten. Jahrgangsbester – wer wollte sich da schon mit mir messen?

Also war ich direkt Feuer und Flamme für so eine Wette, zumal die Jungs auch ordentlich Knete zusammengelegt hatten, wenn ich diese gewinnen sollte.

An einem Samstag im Juli sollte es dann sein.

Es war ein verdammt heißer Tag und eigentlich wollte ich lieber noch eine Woche schieben. Doch Tobias, der olle Korinthenkacker, machte Druck und meinte nur:

»Heute zählt es – jetzt oder nie. Wenn du heute kneifst, Berger, dann hat sich das mit dem Jackpot. Dann gibt es niente!«

Na ja, und so trafen wir uns wie vereinbart am Zielpunkt. Tobias brachte eine professionelle Stoppuhr vom Sportlehrer mit und alle Kumpels schauten gespannt auf mich. Ich hatte extra bequeme Hosen und ein luftiges T-Shirt angezogen und meine genialen Turnschuhe, die mir seit Jahren schon Glück brachten. Die hatten mich bislang noch nie im Stich gelassen.

Mit so einem genialen Outfit durfte eigentlich nichts mehr schiefgehen.

Vor mir sah ich nun das mörderische Ziel – meinen fiesen Gegner, den es zu schlagen galt:

Saftige grüne Wiesen, darüber das extreme Bergmassiv in einer brutalen roten Farbgebung. Ganz oben, kurz vor den von Gott geschaffenen weichen Schäfchenwolken, blickte ich auf den schneebedeckten Gipfel.

Das alles sah ich mir sehr fokussiert an, konzentrierte mich auf das, was jetzt folgen würde, schloss noch einmal kurz die Augen und dann gab ich Vollgas.

Auf zum Gipfel!

Die Stoppuhr bei den Jungs lief erbarmungslos weiter, während ich mich durchkämpfte und schon recht bald erste Schweißperlen spürte. Das Ganze hatte ich mir doch einfacher vorgestellt. Das alles war absolut kein Kinderspiel.

Irgendwann brannte mir auch der Hals vor lauter Anstrengung und ich sah die Jungs, die sich schon tierisch über ihren Sieg freuten und mich einen »Verlierer« nannten.

Das alles war wie im 80er-Jahre-Hitmix vom guten Wolfgang Petry, wenn er sang: »Hölle, Hölle, Hölle!«

Aber aufgeben, das war ein absolutes Fremdwort für mich. Nicht mit mir!

Ich biss mich durch in der glühend heißen Hitze der Mittagssonne und schaltete alle Schmerzen auf Zunge, Gaumen und Hals aus. Dann war ich am Ziel.

Tatsächlich schaffte ich es – zur Überraschung all meiner staunenden Kumpels – ganze zwei Minuten vor Ablauf der vereinbarten Zeit. Der prall gefüllte Jackpot in Höhe von zwanzig D-Mark war gewonnen.

Ich hatte tatsächlich zehn Dolomiti-Eis in sage und schreibe achtzehn Minuten verspeist.

Ehrenurkunde, oder?

Möwen gewinnen immer

Ferienzeit war immer eine besonders schöne Zeit. Endlich mal keine Schule haben, nicht mehr so früh aufstehen müssen und selbst Mama und Papa nahmen sich einige Tage frei, sodass die Familie etwas zusammen unternehmen konnte.

Da ging es raus ins Grüne oder in das Freibad oder alle machten zusammen Urlaub an der Nordsee bei der Tante. Diese hatte dort oben ein kleines Haus und Platz war da für uns alle. So ist auch meine Liebe und stetige Sehnsucht zum Meer entstanden.

Schauen wir doch einmal, was die achtjährige Frauke aus Dortmund zur Nordsee meint ...

***

Frauke schlief noch tief und fest auf dem Rücksitz, als der Sylt-Shuttle mit all seiner Fracht
voller Autos über die alten Schienen des Hin-
denburgdamms ratterte. Jeden Tag und jeden
Abend dieselbe Tour – von Niebüll nach Westerland und dann wieder zurück.

Unzählige Wagen mit Kennzeichen aus dem
ganzen Bundesgebiet und auch aus dem benachbarten Ausland waren auf den Waggons der alten Bahn zu sehen. Unzählige Menschen in den
Wagen sitzend und darauf wartend, dass der
Zug möglichst bald am Ziel ankommen möge.

Denn immerhin war es Sommer und der Urlaub am Meer wartete auf sie alle.

Mit einem lauten Zischen und Quietschen
und Ächzen kam der lange, fast schon müde
Sylt-Shuttle am Bahnhof Westerland an. Fleißige Bahnmitarbeiter befestigten zügig die Ram-
pen, damit die einzelnen Automobile aus der
unteren Ebene und dem Obergeschoss den Zug
verlassen konnten.

»Oh, sind wir endlich angekommen?«, fragte eine noch sehr schläfrige Frauke vom Rücksitz und Papa, der am Steuer saß, antwortete
nur knapp:

»Jepp – guten Morgen Frauke und guten
Morgen Sylt.«

Mama, die neben ihm saß, korrigierte augen-
rollend schnell und leicht vorwurfsvoll:

»Das heißt hier oben nicht guten Morgen, sondern einfach nur MOIN, Thorsten. Alles andere ist für Leutchen an der Nordsee zu viel Gebabbel.«

Frauke musste lachen und wiederholte »MOIN Sylt« und dann setzte sich auch der Wagen in Bewegung und fuhr die schon arg in die Jahre gekommene rote Rampe hinunter.

Der Urlaub konnte beginnen.

MOIN Sylt!

Es waren herrliche Tage an der Nordsee und die Insel war eine Wucht. So einen Himmel mit diesen weißen Schäfchenwolken hatte Frauke noch nie zuvor gesehen und auch das Eis schmeckte am Meer irgendwie besser als zu Hause in Dortmund.

»Das liegt nur an der frischen Luft«, meinte Mama, »das Eis ist nicht anders als bei uns daheim.«

Aber Frauke glaubte dies nicht so ganz und bestellte sich am Eisstand von Leysieffer zur Vorsicht noch zwei weitere Kugeln und sagte augenzwinkernd zu den Eltern:

»Natürlich nur aus reinen Testzwecken – Vertrauen ist gut, Eiskontrolle ist aber besser. Haha.«

Mama und Papa mussten da auch über ihre verdammt kluge Tochter lachen.

Wer schon einmal auf Sylt war, der erinnert sich vor allem an diesen kilometerlangen Sandstrand, der kein Ende zu nehmen scheint. Sand links und Sand rechts, so weit das Auge reicht. Und überall sind bunte Strandkörbe zu sehen, mit Zahlen auf der Rückseite.

»Damit jeder Tourist auch ordentlich seinen eigenen Strandkorb mit Nummer buchen kann«, erklärte Papa und das leuchtete Frauke natürlich ein. Das war eine sehr clevere Idee von den Sylter Einwohnern, jeden einzelnen Korb so zu beschriften. Und schon machte sie sich gezielt auf die Suche nach ihrem besonderen bunten, beschrifteten Exemplar.

»Mhh – da hinten ist die 2010, 2011, 2012, 2013 und da knapp vor dem Wasser ist Strandkorb 2015. Aber ich kann leider nicht meinen Jahrgang finden mit der Nummer 2014. Komisch.«

Zu gerne hätte Frauke ein Foto von sich zusammen mit IHREM Strandkorb gehabt. Doch der war bedauerlicherweise nicht auffindbar, solange sie auch am wunderbar warmen Sandstrand suchte.

Also ging sie mit Mama an der Hand zur Bude des Strandkorbvermieters und fragte den freundlichen älteren Herrn mit grauem Matrosenbart und gestreiftem Hemd nach der Nummer 2014.

»Moin«, sagte er lächelnd zu Frauke, »das ist nun wirklich ein ganz großes Geheimnis mit der Nummer 2014 und das darf ich dir als Stadtkind nicht so einfach sagen. Großes Sylter Dienstgeheimnis. Aber ich gebe dir einen klitzekleinen Tipp, weil du so ein braves Mädel warst und mich mit MOIN begrüßt hast. Das ganze Geheimnis hat mit leckeren, saftigen Pommes zu tun. Aber mehr sage ich dir nicht. Beim Klabautermann!«

Na prima, dachte sich Frauke. Jetzt bin ich genauso schlau wie vorher.

Und dann ging es mit den Eltern zurück in die gemütliche Ferienwohnung, die nicht allzu weit weg vom Strand lag. Dort hatte sie ihr eigenes kleines Zimmer mit einem genialen Fenster, was Richtung Meer und Strand gelegen war. Hier konnte sie stundenlang sitzen, ihre leckere Tasse heißen Kakao genießen, köstliche Plätzchen essen und die vielen vergnügten Menschen am Meer beobachten.

»Ein Pommes-Strandkorb-2014-Geheimnis«, murmelte sie vor sich hin und legte die nun leere Tasse auf das Fensterbrett.

Dann schlief sie müde von all den Erlebnissen des Tages ein.

Im Traum sah sie erneut den bärtigen Seemann, der dieses Mal auf einem großen Piratenschiff am Steuer stand. Er hatte eine schwarze

Augenklappe, trug einen Säbel und einen großen Piratenhut. Auf dem Hut stand, in weißen
Ziffern geschrieben, die Zahl 2014. Auch auf
der Augenklappe war diese Zahl zu sehen und
sogar auf der großen flatternden Piratenflag-
ge dort oben stand diese Nummer. Hier hätte
man ansonsten ja einen gruseligen Totenkopf
vermutet.

Frauke selber saß ganz oben im Korb am
Mast des Piratenschiffes und hielt mit einem
großen, schweren Fernrohr Ausschau nach einer Insel, einem anderen Schiff oder auch gefährlichen Felsen.

»Ahoi, Kapitän«, rief sie plötzlich und sehr
laut hinunter, »Land in Sicht!«

Der Kapitän schaute böse hinauf zum Mast
und rief noch viel lauter zurück:

»Das heißt nicht ›Ahoi, Kapitän‹, sondern
›MOIN, Kapitän‹. Beim Klabautermann – wie
oft muss ich das denn noch sagen?«

Und so legte das stolze Schiff vor der Insel
an und die beiden Seeleute gingen von Bord,
bewaffnet mit Schaufeln und Spitzhacke. Denn
hier irgendwo auf der Insel sollte es eine alte
Schatzkiste geben, tief verbuddelt in der Erde.

Eine Schatzkiste mit Gold und Juwelen und
Rubinen und vielen anderen schönen Dingen.

Die beiden Seeleute machten sich an die
Arbeit und buddelten und gruben und hackten

und seufzten. Schließlich hatten sie schon reichlich tiefe Löcher auf der Insel gegraben, jedoch ohne Erfolg.

Da flog eine freche Möwe laut und krächzend über die Köpfe der beiden, zielte ganz geschickt nach unten Richtung Sandstrand und schoss eine weiße Ladung knapp neben die zwei ziemlich verdutzt dreinblickenden Piraten ab. Die weiße weiche Ladung des frechen Vogels ploppte auf den Sand und bildete eine Art weißes Kreuz.

Sollte dies etwa ein Hinweis sein? Wie verrückt ist das denn?, dachte sich Frauke im Traum.

Und dann buddelten beide an der Stelle, wo dieses weiße Kreuz zu sehen war, und tatsächlich machte es nach wenigen Minuten überraschend klang klang und die geheimnisvolle Schatzkiste ward gefunden.

Schnell wurde das alte silberne Schloss der Truhe geknackt, der Deckel der Kiste geöffnet und ein »Hallo, Frauke, aufwachen, Abendessen ist fertig. Komm bitte in die Küche, Kind!« war von Mama zu hören.

»Oh nein! Bitte nicht jetzt«, seufzte Frauke, stieg aus dem Bett und wanderte leicht schläfrig und sauer und doch auch mächtig hungrig in Richtung Küche.

Schatzkiste ade.

Aber schon am nächsten Tag am Strand sollte sich für Frauke das mysteriöse Rätsel um das Pommes-Strandkorb-2014-Geheimnis lüften.

Denn gegen Mittag saß das clevere Mädchen mit den Eltern in einem Café in der Nähe des Strandes und beobachtete erneut die Leute:

Kinder buddelten fröhlich im Sand und bauten kleine Burgen mit Eimern. Teenager spielten Volleyball und waren vergnügt. Ältere Leutchen saßen in den vielen Strandkörben, lasen Bücher oder Zeitungen oder redeten mit ihren Nachbarn.

Es war ein wunderbarer, sonniger Urlaubstag.

Dann entdeckte Frauke ein verliebtes Pärchen, das wohl ebenfalls einen Strandkorb gemietet hatte, und es sich nun mit einer großen Portion heißer Pommes mit Mayo und Ketchup gemütlich machte.

»Mhhh – lecker«, sagte Frauke und wollte schon den Papa um ein wenig Taschengeld für eine kleine Portion dieser gelben Leckerlis bitten, als es furchtbar laut und hektisch um den Strandkorb des jungen Paares wurde.

Tatsächlich schwärmte ein Dutzend hungriger Möwen um den Platz, alle begierig darauf, etwas von den Pommes der beiden zu erhaschen. Da wurde gekreischt und wild mit den Flügeln geschlagen und immer wieder stieß eine der frechen Möwen erfolgreich mit einer gelben Beute im spitzen Schnabel Richtung Himmel.

Das war ein richtiger Kampf – Mensch gegen Möwe. Und wer schon einmal an der Nordsee war, der weiß das eine ganz genau: Möwen gewinnen immer!

Und so war es auch hier. Das Paar gab auf, flüchtete eilig aus dem Korb und überließ alles den frechen Möwen, die sich wild auf die Leckerei stürzten und dabei auch immer wieder einmal den armen Strandkorb bekleckerten (wie das weiße Kreuz im Traum – ihr erinnert euch).

Alles sah aus wie ein einziges Schlachtfeld, sodass der Strandkorbbesitzer mit seinem grauen Vollbart kommen musste, leicht verärgert den Kopf schüttelte und dann sagte:

»Oh nein – jetzt muss ich schon wieder einen Korb reinigen lassen in der Halle. Verflixt noch einmal. Wie kann man im Strandkorb Pommes essen, wenn überall wilde hungrige Möwen kreisen! Beim Klabautermann!«

Und so ließ er den arg bekleckerten Strandkorb mit der Rückennummer 2022 in seine Halle transportieren, die weiter oben am Weg lag und wo auch schon Nummer 2014 (!) auf die Reinigung wartete.

Frauke war begeistert – der Fall war gelöst. Und so bekam sie kurz vor Ende des schönen

Sommerurlaubs doch noch ihr Foto mit IHREM Strandkorb.

Na ja, nicht direkt am Strand und auch nicht im besten Zustand – aber das war ihr in diesem Moment ziemlich egal.

Das Foto mit ihr und der Nummer 2014 in der Halle bekam später zu Hause einen ganz besonderen Platz in einem Rahmen über dem Bett.

Mit Stift hatte Frauke als Erinnerung darübergeschrieben:

»Möwen gewinnen immer – beim Klabautermann!«

Der königliche Hamster

Haustiere sind etwas Wunderbares. Wenn man als Kind mit einem Meerschweinchen, Wellensittich oder sogar einem Hund aufwachsen darf, ist das ein Geschenk und eine Bereicherung.

Wir hatten ebenfalls viele Tiere in der Familie und hatten immer unsere Freude an den kleinen Frechdachsen.

Natürlich war es uns damals auch wichtig, Grenzen zu setzen und klare Regeln aufzustellen. Denn auch Haustiere brauchen Regeln. Oder …

***

Es war noch recht früh am Morgen, als etwas äußerst Merkwürdiges in einem kleinen Einfamilienhaus am Rande Bochums vor sich ging.

Drei unheimliche Gestalten, umrahmt von einem magischen Lichtschein und mit einem runden Etwas in Händen, wanderten über den Flur der ersten Etage.

Stockdunkles Haus, Totenstille und nur das leise Tapsen von Schritten war zu vernehmen. Gruselig, geheimnisvoll und gespenstisch.

Das magische Licht entpuppte sich bei genauerer Betrachtung recht bald als ein Kreis aus sieben Kerzen, deren Schein unheimliche und flatternde Schattenwesen an die Wand warf.

Waren dies müde Gespenster, welche die Spuknacht irgendwie verschlafen hatten und nun gemeinsam den rettenden Weg nach draußen suchten? Waren es freche Kobolde, die noch ein wenig Unfug und Schabernack treiben wollten, ehe die Herren des Hauses in ihrem Zimmer erwachten?

Oder gab es eine ganz andere, logische Erklärung für dieses ungewöhnliche morgendliche Treiben?

Ja, die gab es in der Tat.

Die drei dunklen Gefährten öffneten vorsichtig und leise eine Tür, schalteten ein kleines Nachtlicht an, welches direkt neben dem Schalter zu finden war, und dann – dann sangen Papa, Mama und die kleine Schwester »Happy Birthday to you, liebe Laura« und überreichten dem noch sehr müden, aber sehr überraschten Geburtstagskind die leckere selbstgebackene Torte mit sieben Kerzen darauf.

»Augen schließen, wünsch dir schnell etwas und dann Kerzen auspusten«, forderte die kleine Schwester. Und so machte es Laura auch. In einem Zug schaffte sie alle sieben Kerzen mit geschlossenen Augen.

Alle klatschten vor lauter Begeisterung und drückten und herzten und küssten die Kleine voller Liebe.

Am nächsten Morgen ...

»Okay«, sagte Laura am Frühstückstisch sitzend, mit skeptischem Blick auf den kleinen bunten zappelnden Karton voller Löcher, »ein Hund wird's dann wohl doch nicht so ganz sein. Oder?«

Dann klappte sie die oberen Seiten des Kartons auseinander, schaute vorsichtig hinein und strahlte wie ein Honigkuchenpferd.

»Oh wie süß ist das denn bitte? Eine riesige schwarze Ratte mit einem Monsterschwanz«, rief sie ihrer kleinen Schwester Luisa zu. Mit einem lauten »Ihhh, oh nein!« sprang Schwesterchen Luisa wie der Blitz vom Küchenstuhl auf und rannte panisch schreiend ins Wohnzimmer:

»Eine riesige Monsterratte, eine Monsterratte! Da ist eine fette, dicke, eklige Monsterratte in unserer Küche, Mama!«

Geburtstagskind Laura lachte herzlich und laut in der Küche über ihre Schwester und befreite kurzerhand den süßen kleinen Hamster aus seinem Gefängnis und begrüßte ihn freundlich und achtsam in seiner neuen Familie.

»Herzlich willkommen bei den Schneiders, Mister Jones.«

Schnell hatte Mister Jones in den darauffolgenden Tagen auch das Herz der kleinen Luisa erobert und so tippelte die vermeintliche Monsterratte von Zimmer zu Zimmer und fühlte sich bei den Mädels sichtlich wohl.

Der große Käfig, den Oma als Geschenk spendiert hatte, diente ihm lediglich als gemütliches Nachtlager, damit der Hamster dort sicher und wohlbehütet schlafen konnte und niemand im Dunkeln aus Versehen auf Mister Jones treten konnte – was sicherlich sein allzu frühes Ableben von dieser doch schönen Welt bei Familie Schneider bedeutet hätte.

Für Familie Schneider war der kleine pelzige Kerl eine absolute Bereicherung und brachte wirklich jeden zum Lachen.

Beim Mittagessen saß er oftmals wie ein zahmer Wellensittich auf Lauras Schulter und ließ sich von ihr problemlos füttern. Obst, Gemüse oder auch leckere Nüsse schmeckten ihm vorzüglich und sofort wurde das Handy gezückt und ein Foto für das digitale Album geschossen.

Abends beim gemeinsamen Fernsehschauen mit der Familie wanderte Mister Jones auf Papa Schneiders Bauch rauf und runter, bis die richtige Position für ein Nickerchen gefunden war. Und auch das wurde digital festgehalten. Sehr zum Ärger des Hausherrn, da sein Bauch nicht wirklich so fotogen war.

Das war zumindest seine Meinung.

An sonnigen Tagen fuhren die beiden Schwestern auch mal Fahrrad mit Mister Jones. Dazu gab es am Lenker einen extra von Papa gebastelten kleinen Korb mit Sichtfenster. Der kleine pelzige Frechdachs schaute bei der Fahrt aus seinem fahrenden Haus, genoss den Wind, der von vorne in sein zotteliges Gesicht wehte, und schien sagen zu wollen:

»Schneller, ihr beiden, los schneller. Ich will der allerschnellste Hamster dieser Welt sein. Jawohl.«

Tatsächlich schien es so, als spürten Laura und Luisa diesen Wunsch ihres neuen Kameraden, denn sie traten noch viel heftiger in die Pedale und ihre Räder schossen nur noch so über die Straße. Dies alles begleitet von hupenden Autos, klingelnden wütenden Fahrradfahrern und vielen schimpfenden Passanten, die blitzartig zur Seite springen mussten, um nicht frontal mit Fahrrad, Kindern und Hamster zu kollidieren.

Die sonst stets mit Vorsicht bedachten Schwestern waren in solchen Momenten mit Hamster an Bord kaum zu bremsen.

Ja, es war auch durchaus stressig, gemeinsam mit einem derart kleinen frechen Hamster im Haushalt zu leben. Zumindest mit einem Hamster wie Mister Jones, der die Freiheit so sehr liebte und nur mit ganz viel Mühe nachts in den Käfig zu locken war. Denn jeder tägliche Schritt im Haus musste von den Eltern und den beiden Mädels mit Bedacht getan werden.

Es gab kein Rennen, kein sorgloses Wandern durch Zimmer und Flure. Immer musste peinlichst darauf geachtet werden, dass Mister Jones nicht zufällig unter einem Hausschuh oder in einem Staubsauger endete.

Auch wer Familie Schneider spontan besuchen wollte, hatte es nicht so einfach: Freunde, Nachbarn, Bekannte und Verwandte und sämtliche anderen Gäste wurden kurz vor Eintritt ins Haus ausführlich instruiert, was innerhalb der vier Wände zu beachten war.

Mama Schneider stand dann vor den Gästen in der Eingangstür wie eine Stewardess an Bord einer Boeing 797-9. Es folgten detaillierte

Instruktionen, was beim Betreten des Gebäudes zu beachten war.

Nun gut, sie verwies zum Glück nicht auf irgendwelche beleuchteten Fluchtwege, es wurde auch kein karges lauwarmes Bordmenü mit Plastikbesteck serviert und die Schwestern fuhren gottlob nicht mit einem Getränkewagen durch das Wohnzimmer.

Doch tatsächlich hielten sich alle Besucher des Hauses brav und ganz genau an die Regeln.

Na ja, so mancher Gast kam jedoch kein zweites Mal zu den Schneiders. Das war dann doch allzu viel Klimbim und Aufhebens um so ein kleines Haustier.

Mister Jones avancierte zum absoluten König des Hauses und man konnte sich des Eindrucks nicht erwehren, dass der kleine pelzige Freund dies spürte und es irgendwie wusste.

So fiel es ihm keineswegs ein, der Familie auszuweichen, wenn diese ihm entgegenkam. Vielmehr war er sich seiner Sache absolut sicher, dass die anderen einen rücksichtsvollen, demütigen Bogen um ihn machen würden.

Und er sollte tatsächlich recht behalten.

Auch beim täglichen Futter wurde der feine Herr Hamster immer wählerischer, piepste und meckerte in einer Tour und machte auf Drama-Queen oder besser Drama-King, wenn in seinem Futternapf das falsche Leckerli enthalten war. Da rümpfte er pikiert die Nase, drehte sich demonstrativ um und tippelte langsam und fast schon arrogant in seinen Käfig.

Mister Jones ging so lange in einen Hungerstreik, bis etwas anderes aufgetischt wurde, was seinem feinen Gaumen eher genehm war. Da gab es dann alternativ Fisch und Fleisch statt immer nur Nüsse und Gemüse und dies alles mit bestem Öl angebraten und mit ausgewählten Gewürzen verfeinert.

Selbst die Keramikschale im Käfig wurde gegen feinstes englisches Porzellan ausgetauscht.

Leichte klassische Musik während des Essens war Mister Jones ebenfalls genehm. Dann wurde der Teller schnell, ohne Murren und ohne bleibende Spuren, geleert und anschließend ein kleines, feines Nickerchen gemacht. In dieser Schlafenszeit war absolute Ruhe im ganzen Haus einzuhalten: kein lauter Fernseher, kein röhrender Staubsauger, kein unnötiges Reden oder Flüstern und vor allem kein Lachen.

Stille, Achtsamkeit, Rücksichtnahme und ganz viel Disziplin waren von allen Schneiders gefordert.

Auf die Hand zu Laura oder Luisa wollte Mister Jones dann irgendwann auch nicht mehr. Kein Streicheln und kein Kuscheln und kein »oh wie süß.« Da wurde Mister Jones aggressiv, wenn sich ihm jemand näherte und solche

Dinge versuchte. Er wollte auch nicht mehr auf die Schulter zu Mama Schneider und erst recht nicht auf Herrn Schneiders Bauch. Das alles hatte der Hamster längst hinter sich gelassen und biss herzhaft und durchaus schmerzhaft zu, wenn es ihm zu blöde wurde.

Er hatte sich in all der Zeit bei Familie Schneider absolut weiterentwickelt. Alles sollte von nun an nach seiner Pfeife tanzen.

Auch äußerlich hatte sich der einst so süße kleine pausbäckige Hamster verändert: Die braunweiße Farbe war einem tristen Grau gewichen, die kleinen Zähnchen waren zu spitzen langen Zähnen mutiert und meist saß Mister Jones nur noch gelangweilt, dick und rund gefressen in seinem Käfig.

Und so tagte der Schneider Familienrat an einem schönen sonnigen Wochenende und letztlich waren sich Papa, Mama und die beiden Schwestern einig: Das mit dem Hamster zum Geburtstag war doch keine so gute Idee gewesen. Alle vier gaben sich die Schuld, den Hamster allzu sehr verwöhnt und zu wenige Grenzen gesetzt zu haben.

Am Abend schlich Papa Schneider langsam und ganz still am Käfig vom schlafenden Mister Jones vorbei in Richtung Hauswirtschaftsraum und holte den großen, kräftigen Staubsauger mit der starken Düse.

In wenigen Tagen würde seine Frau Geburtstag haben – und der kleine Hundewelpe Jimmy sollte in Kürze schon in das wunderbare Haus einziehen.

R.I.P. Mister Jones?

Nein, wo denkt ihr hin.

Papa brachte den stressigen Hamster nur am nächsten Tag zurück in die Tierhandlung und machte mit dem Staubsauger lediglich den verdreckten Boden rund um den ehemaligen Mister Jones-Käfig sauber.

Ganz so böse – wie ihr wohl gerade dachtet – waren die Schneiders nicht.

Die Schöne im Museum

Mit meiner lieben Frau war ich 2004 in Berlin und wir besuchten die Alte Nationalgalerie.

Gemälde aus vergangenen Zeiten faszinieren mich immer wieder und gerne verweile ich einen Augenblick, um zu spüren, was uns der Künstler mit diesem oder jenem Bild sagen möchte.

Jedes einzelne Gemälde hat doch eine besondere, persönliche Geschichte.

Und manchmal ist diese Geschichte noch nicht zu Ende erzählt …

***

Michael war mal wieder in Berlin zu Besuch bei guten Freunden. Es stand eine Geburtstagsfeier eines Kumpels an und nun hatte er es tatsächlich geschafft, sich einige Tage freinehmen zu können vom stressigen Job in Paris.

Viel zu selten hatte er die Möglichkeit, persönlich zu gratulieren und hier in der Hauptstadt seines Heimatlandes zu verweilen.

Berlin. Wie hatte sich doch die Stadt über die Jahre verändert!

Alles wirkte moderner, flippiger und in der Tat auch sauberer. Triste Hausfassaden waren mit modernen Zeichnungen aufgepeppt worden, zahlreiche Skulpturen waren an öffentlichen Plätzen zu finden und auch die Menschen schienen sämtlichen Trends von Mode und Style nachzugehen.

Eine gute, bunte und schillernde Mischung, die Michael in ähnlicher Form aus Paris kannte.

Am Abend sollte die Big Party stattfinden in einem kultigen Hinterhof in Wrangelkiez und da waren an die hundert Gäste eingeladen. Das bedeutete auch für ihn jede Menge Spaß, hippe Getränke, perfekte Mucke und sicherlich auch interessante Gespräche. Michael freute sich auf die Action und doch sehnte er sich aktuell auch nach ein wenig Ruhe am Mittag. Denn die Anreise aus Paris mit dem Wagen war nicht ganz so staufrei verlaufen, wie er gehofft hatte.

Andererseits würde er jetzt garantiert durchschlafen, wenn er sich für einen Augenblick hinlegen würde. Er kannte sich und seine Marotten einfach allzu gut.

Und so fand er sich gut vierzig Minuten später in der großen ehrwürdigen Eingangshalle der Alten Nationalgalerie wieder und stieg die sieben mit einem roten Teppich dekorierten Stufen hinauf.

Oben angekommen begrüßte er freundlich wie immer und mit einem charmanten Lächeln die Prinzessinnen Luise und Friederike von Preußen, die zauberhaft in einer Mischung aus weißem Gips und Marmor zurücklächelten.

Süße Mädels, dachte sich Michael, so in etwa sollte die Traumfrau meines Lebens aussehen. Na ja, vielleicht begegne ich ihr ja auf der Party heute Abend. Wer weiß.

Dann verabschiedete er sich galant von den beiden Damen und ging weiter.

Michael liebte die Alte Nationalgalerie. Hier hatte er schon als Jugendlicher viel Zeit verbracht, viele alte Kunstwerke intensiv betrachtet und später zuhause die jeweilige Geschichte zum Bild nachgelesen. Und oft war er begeistert, dass sich seine Interpretation des Gemäldes mit dem Text des Experten im Internet ähnelte.

All diese großen Hallen mit den schweren, imposanten Gemälden beeindruckten ihn jedes Mal aufs Neue und er beneidete all diese

Künstler, die solch ein Talent hatten und aus einer kargen weißen Leinwand Kunst für die Ewigkeit schufen. Da war ein Renoir zu sehen, nebenan ein Manet und etwas weiter ein Schinkel oder ein Caspar David Friedrich.

So viel Kunst und Kunstgeschichte unter einem Dach vereint; das machte Michael jedes Mal beim Betreten dieser Galerie und beim Durchschreiten all dieser Räume demütig.

Aktuell, so las er auf seinem Handy, gab es eine Leihgabe aus dem Metropolitan Museum of Art aus New York zu sehen, mit Werken von französischen Künstlern. Das passte wunderbar, da er in Paris wohnte und arbeitete und von der französischen Kunst überaus begeistert war.

Gleich einen Gang weiter sollte diese Ausstellung sein.

Tatsächlich. Diese Leihgabe war überaus beeindruckend: Zahlreiche Büsten und Statuen waren zu sehen, viele Gemälde aus verschiedenen Epochen und feinstes Porzellan, welches damals wohl am Hofe für edle Gäste genutzt wurde.

Das alles hier sind unschätzbare Werte, staunte Michael nicht schlecht. »So etwas habe ich auch noch nie in diesem Umfang gesehen. Man könnte meinen, dass …

Plötzlich blieb er wie vom Blitz getroffen stehen und starrte ungläubig auf das nicht allzu große Gemälde vor sich in einem feinen goldenen Rahmen.

Eine junge Dame war zu sehen, die auf einem Stuhl nah an einem Fenster saß und einen großen Zeichenblock in der einen Hand und einen Stift in der anderen Hand hielt.

Ihr Gesicht war bezaubernd, ihre rotblonden Haare waren hochgesteckt und mit einer goldenen Nadel fixiert. Engelsgleich und geheimnisvoll schaute sie Michael an in ihrem langen weißen Kleid und schien sagen zu wollen:

»Ja, Michael. Ich bin es wirklich. Endlich begegnen wir uns. So lange habe ich auf diesen Augenblick gewartet.«

Michael stand minutenlang vor diesem Gemälde, unfähig, seinen Blick von ihr abzuwenden. Er wollte jetzt nicht gehen und er konnte jetzt nicht so einfach gehen. Zaghaft näherte er sich seiner Traumfrau und studierte das kleine Schild unterhalb des Rahmens: Marie-Denise Villers – Zeichnende junge Frau (1801 in Öl); wahrscheinlich Selbstbildnis der Künstlerin.

Okay, nun wusste er ein wenig mehr von ihr, verbeugte sich kurz und höflich und flüsterte ihr dann zu:

»Guten Tag, Marie-Denise, gestatten Sie, dass ich mich kurz vorstelle. Mein Name ist Michael Hoffmann aus dem schönen Paris, aber heute zu Gast bei Freunden in Berlin. Es ist mir eine außerordentliche Ehre und eine wahre Freude, solch eine junge, charmante Dame, wie Sie es in der Tat sind, hier in dieser Kunsthalle vorzufinden. Gerne dürfen Sie über mich verfügen.«

Just in diesem Moment ertönte hinter ihm ein leichtes Räuspern und eine der freundlichen, älteren Aufsichtskräfte erkundigte sich nach seinem Wohlbefinden.

Michael bedankte sich für die Besorgnis, entschuldigte sich für sein Handeln und verließ dann mit hochrotem Kopf und mit schnellen Schritten die Alte Nationalgalerie.

Draußen angekommen holte er tief Luft, atmete, wie es ihm in einem Kurs beigebracht wurde, kontrolliert ein und aus und kam ganz allmählich wieder zur Ruhe.

»Du oller Spinner, was war denn das für eine Aktion. Hast du nicht mehr alle Latten am Zaun?«, dachte er laut und schaute sich dann schnell um, ob abermals der besorgte Museumswächter in seiner Nähe war. Doch da war nichts und niemand und Michael musste über sich selbst lachen und machte sich auf den Weg zu seinem Kumpel.

Schnell unter die Dusche und dann auf zur Party, dachte er und die bezaubernde Marie-Denise im Format 75 x 62 cm war vergessen. Vorerst.

Wenn sein Kumpel schon mal Geburtstag feierte, dann ließ er es ordentlich krachen, mit allem, was dazu gehörte: Champagner, beste Weine, leckere handliche Häppchen sowie Kaviar und frischer Fisch. Dazu eine großartige Liveband, viel Glitzer und sogar einen Swimmingpool als Abkühlung, falls es dem ein oder anderen Gast allzu heiß werden sollte.

Michael sah sich das ganze Spektakel aus einer gewissen Distanz an und nippte an seinem Glas Rotwein.

»Verdammt guter Jahrgang«, sagte er als geübter Weinkenner und überlegte kurz, ob er nicht seinen Anzug gegen eine bequemere Schwimmhose tauschen und in den Pool springen sollte. Doch da waren bereits reichlich angetrunkene Partygäste im kühlen Nass – zu viele für Michaels Empfinden.

Pünktlich um Mitternacht wurde eine riesige, wenig fettreduzierte Geburtstagstorte mit vielen Kerzen in den Partyraum gebracht und alle Gäste stimmten das übliche »Happy Birthday« und »Jolly Good Fellow« an. Michael nahm einen weiteren Schluck Rotwein und musste schmunzelnd zugeben:

»Schöner Gesang, klingt irgendwie anders.«

Dann wurde die Torte angeschnitten, die Stücke blitzartig vertilgt und mit lautem Gegröle sprangen weitere Gäste inklusive des Gastgebers in den Pool – natürlich in voller Montur.

Für Michael war damit die Party beendet und er zog sich mit seinem noch halbvollen Weinglas in sein Gästezimmer zurück, welches gottlob weit genug entfernt war vom aktuellen Geschehen.

Schnell wurde der Anzug gegen bequeme Shorts und T-Shirt getauscht und das Glas geleert. Dann gab Michael in seinem Handy unter Google »Marie-Denise Villers« ein und tatsächlich wurde mit wenigen Klicks das Gemälde vom gestrigen Mittag angezeigt: Die süße junge Frau auf dem Stuhl vor dem Fenster!

Er zoomte in das Bild und sah sich einige Details des Bildes an: die wunderschönen Augen von Marie-Denise, die schmückende Kette um den zierlichen Hals der Dame, die rotblonden Haare und auch die geheimnisvolle Zeichenmappe.

Was für ein Gemälde, was für eine Frau. Immer noch war er fasziniert von ihrer Eleganz und ihrer Schönheit und diesem Zauber.

Nie zuvor war er so einer Frau begegnet.

Nie zuvor hatte er ein solch starkes Gefühl für einen ihm fremden Menschen gespürt.

Wieder schaute er mit seiner Zoomfunktion des Handys auf das Bild und speziell auf die Zeichenmappe und fragte sich: Was zeichnest du wohl da gerade, schöne Frau?

Dann wusste er endlich, was zu tun war. Er musste noch einmal in das Museum. Sofort – in dieser besonderen Nacht.

Er zog sich rasch eine schwarze Jeans, ein blaues Hemd und Turnschuhe an und machte sich zu Fuß auf den Weg Richtung Alte Nationalgalerie. Auf den Weg zu seiner geliebten Marie-Denise.

»Ich komme, mein Liebling«, waren seine letzten Worte.

08:47 Uhr am Morgen in der Alten Nationalgalerie

In gut dreizehn Minuten würde das Museum wieder für die Gäste alle Türen öffnen. In der Früh war auch die Führung einer siebten Schulklasse des nahegelegenen Gymnasiums eingeplant.

Walter Herrlichs, der freundliche Museumswärter, machte seinen letzten Rundgang durch die einzelnen Hallen und freute sich auf seine Tasse Tee daheim und sein warmes Bett. Er hatte bereits gestern eine Schicht für einen kranken Kollegen übernehmen müssen und spürte nun seine müden Beine.

Zudem konnte er sich noch immer nicht erklären, warum die Reinigungskraft vergessen hatte, die seitliche Tür zum Museum abzuschließen.

»Na ja, die wird auch hundemüde gewesen sein und da halte ich mal lieber den Mund. Die Ärmste soll deswegen keinen Ärger kriegen. Noch gut dreizehn Minuten, dann ist auch für mich Schicht«, seufzte er.

Da entdeckte er das hellblaue Jeanshemd, was da auf dem Boden vor dem Bild mit der schönen zeichnenden Frau nichts zu suchen hatte. Also schlenderte er dorthin, hob das Hemd auf und wollte gerade wieder gehen, als sein Blick noch einmal auf das Gemälde fiel.

Und er staunte nicht schlecht: Die zauberhafte, gerahmte Dame war jetzt nicht mehr allein auf dem Gemälde!

Ihr gegenüber saß ein junger Mann mit schwarzer Jeanshose, T-Shirt und Turnschuhen, der von der Kleidung absolut nicht in diese Epoche des Gemäldes passte. Walter Herrlichs rieb sich die Augen und ging noch näher an das Bild und sah sich den jungen Mann genauer an.

»Das gibt es doch nicht! Das ist doch der Kerl von gestern Nachmittag, der Selbstgespräche vor diesem Gemälde geführt hatte. Ich fürchte, ich muss schnellstens ins Bett und eine Mütze Schlaf nehmen«, sagte der perplexe Museumswärter und ging mit dem Jeanshemd in der Hand in sein Büro.

Hätte unser lieber Walter Herrlichs das Gemälde einmal genauer betrachtet, so wäre ihm sicherlich aufgefallen, dass Marie-Denise Villers den jungen fremden Mann sehr verliebt anlächelte, während sie ihn zeichnete. Und auch Michael lächelte seine große Liebe an.

Manchmal ist die Geschichte eines Gemäldes eben noch nicht zu Ende erzählt.

Henry und die Schafsbande

Unser erster Urlaub auf Sylt war 2004 und das war Liebe auf den ersten Blick. Ich ärgere mich, dass ich mich vorher immer so dagegen gewehrt hatte, auf diese Insel zu fahren, wegen dummer Vorurteile. Da hätte ich einfach auf meine Frau hören sollen, die absolut recht hatte.

Denn dort oben ist der Himmel einfach anders, die Wolken weißer und der Strand endlos.

Und die Schafe sind die Könige der Deiche.

Schafe sind irgendwie etwas ganz Besonderes ...

***

Henry packte am Samstagabend fluchend und ein wenig gereizt den Letzten der beiden Koffer für die große Reise. Akribisch hatte er sich vorab eine Liste gemacht, was er so alles für seine drei Wochen Aufenthalt auf der Insel Sylt benötigte: lange Hosen, kurze Hosen, jede Menge T-Shirts, warme Pullover und auf jeden Fall seine geliebte Kapuzenjacke, wenn es mal regnen sollte. Hinzu kam jede Menge Lektüre, weil es sicherlich an der Nordsee stinklangweilig wäre.

Und einige Dosen gutes englisches Bier, weil es drüben in good old Germany kein wirklich gutes Bier gab.

So hatten es ihm zumindest seine Kumpels erzählt.

Na ja, die guten alten Kumpels aus seiner Heimatstadt Yorkshire. Ohne die Jungs hätte er all diesen Stress nicht gehabt. Keine Koffer, kein Flugticket und keine drei öden Wochen drüben. James und Patrick kamen auf die glorreiche Idee, dass Henry mit seinen 61 Jahren endlich mal etwas anderes sehen sollte als die heimatliche englische Küste.

Und so hatten die Jungs mit Bekannten und Verwandten das nötige Kleingeld gesammelt, um Henry das perfekte Geschenk zum Ruhestand zu überreichen: drei elendig lange, stinklangweilige Wochen auf Sylt.

»Grandiose Freude und echte Begeisterung sehen irgendwie anders aus«, lachte Patrick bei der Übergabe des Tickets und James sagte nur:

»Moin. Du musst dir nur Moin merken. Und schon ist die Insel dein Freund.«

Na prima. Das war dann also der grandiose Beginn seines lang ersehnten Ruhestands.

Schon zwei Tage später stand Henry, mit besagten zwei Koffern und klitschnass von Kopf bis Fuß, mitten in der Pampa von List – vor einem Haus neben einem rot-weißen Leuchtturm.

Dies sollte nun elendige drei Wochen lang sein Zuhause sein. Er hatte keinen blassen Schimmer, wie er hierhergekommen war. Irgendeine ungesunde Mischung aus Flugzeug, Bus, Taxi, Bus, Trampen hatte ihn an das Ziel seiner (Alb-)Träume gebracht und jetzt schaute er im Regen stehend auf sein Umfeld.

Keine Kneipe in der Nähe, kein Laden weit und breit, kein Restaurant in Sicht und keine Menschenseele! Nur das Haus, der rot-weiße Turm, seine zwei Koffer im Sand und ein nasser, absolut verzweifelter, frierender Henry in kurzen Hosen und Regenjacke.

Konnte es denn noch schlimmer kommen?

Die Antwort kam prompt, zahlreich und auf vielen Beinen: Mit einem lauten »Bäääh!« zog eine Herde blökender Schafe an ihm vorbei und machte keinerlei Anstalten, vor dem total verdutzten Engländer Halt zu machen.

Die Koffer wurden regelrecht in den nassen Boden umgestoßen und nur mit Mühe konnte

Henry dem sicheren Tod (würde er später so behaupten) entkommen, indem er sich schnell in das rettende Haus flüchtete.

Er knallte die Tür zu, holte ganz tief Luft und sagte dann am Türrahmen gelehnt so etwas wie »holy fucking shit.«

Daraufhin wurde ihm ein kurzes, friesenfreundliches »Moin, min Jonge!« entgegnet.

Der Hausherr stand am Kücheneingang mit einer Tasse Tee in der Hand und sah sich seinen Gast ganz genau von oben bis unten an. Dann lachte er und sagte:

»Wolkom op Sylt, min Jonge. Hast du nun schon deine Nachbarn draußen kennengelernt. Prima.«

Das erste Eis war damit gebrochen und schnell holte Henry seine leicht derangierten Koffer ins Haus und machte es sich in seinem großzügigen Gästezimmer gemütlich. Dann gab es als Willkommensmahl erst einmal einen heißen Tee mit Milch vom Gastgeber und leckeren Fischsalat mit Graubrot.

Es schmeckte alles sehr lecker. Henrys Laune wurde mit jedem Bissen ein wenig besser.

Unser Engländer schlief die erste Nacht wie ein Stein und träumte natürlich von Schafen. Allerdings von Schafen, die in einem englischen Pub an der Theke standen und ein leckeres Stout tranken, während andere Schafe wenige Meter entfernt Darts spielten. Tatsächlich schaffte einer dieser pelzigen Genossen einen perfekten Niner und gab eine Runde aus.

Es gab sogar eine eigene skurrile Schafsband, die mit Gitarre und Klavier eine spezielle Version von »Dirty Old Town« zum Besten gab.

Ahhhh!

Spätestens da war der Zeitpunkt erreicht, wo Henry unbedingt aufwachen musste – und das tat er auch. Flugs lief er ins Bad nach nebenan, klatschte sich eine Handvoll kaltes Wasser ins Gesicht und erblickte im Spiegel völlig entsetzt einen Schafskopf auf seinem Hals und schrie laut: »Bähhh!«

Zack – nun wachte er wirklich auf und saß aufrecht im Bett.

»Holy fucking shit, was für ein crazy dream«, sagte er sich und rieb sich die Augen.

Verflixte Schafe.

Als er nur kurze Zeit später frisch geduscht und rasiert aus seinem Gästebad kam, roch er herrlich frischen Kaffee und gebratene Eier mit Speck und eilte hungrig – nur mit Handtuch um die Hüften geschwungen – rüber in die Küche, wo er prompt den Hausherrn nebst Gattin und Tochter antraf. Die drei sahen ihn teils schockiert, teils amüsiert an, um ihn dann mit einem friesisch-freundlichen »Moin« zu begrüßen.

Vor Schreck fiel das rettende Handtuch zu Boden!

Blitzschnell nahm Henry die Position eines Fußballspielers ein, der auf die Ausführung des gegnerischen Freistoßes wartete. Er schaute verlegen nach links, nach rechts und dann hinunter und wurde tatsächlich rot um die Wangen. Dann lachte er laut los. So laut und so herzlich, dass die Familie auch lachen musste an diesem Morgen.

Schließlich wurde ausgiebig und verdammt lecker gefrühstückt und Energie für den Tag getankt.

Vor der Haustür begrüßten ihn die herrliche Morgensonne und ein wunderbares Farbenspiel. Satte grüne Felder neben kargen sandigen Dünen und direkt neben dem Haus der stolze rot-weiße Leuchtturm. Henry schloss die Augen, atmete tief ein und aus und merkte, dass diese Sylter Luft doch um so vieles besser war als in seiner Heimat.

Das war doch mal wirklich – neben dem leckeren Kaffee und den netten Leutchen – ein Pluspunkt für diese Insel.

»Das darf gerne so weitergehen«, sagte er zu sich selbst und stieg dann in den Leihwagen, der ihm vor dem Haus zur Verfügung stand, und fuhr los.

Natürlich waren die ersten Kilometer nicht ganz so einfach. Denn als Brite war er Linksverkehr gewohnt und auch das Lenkrad auf der linken Seite war absolutes Neuland für ihn. Doch schon recht bald hatte er den deutschen Dreh raus und erreichte gut gelaunt und singend die nächste Biegung dieser kurvigen, abgelegenen Strecke, nur um dann eine Vollbremsung vom Allerfeinsten hinlegen zu müssen: Vor ihm stand erneut die blökende Bande von gestern Abend!

Und diese Schafe waren nicht nur laut und zahlreich, sondern auch extrem stur. Da nutzte kein Hupen und kein leichtes Anfahren – die vielen Schafe zeigten sich absolut unbeeindruckt vom Leihwagen und vom schimpfenden Fahrer.

Holy … – na ja, ihr wisst schon.

Gott sei Dank kam nach wenigen Minuten der dazugehörige Schäfer, entschuldigte sich höflich bei Henry für seine Bande und wünschte ihm eine gute Weiterfahrt, natürlich mit einem »Moin« endend.

Und so setzte der Brite seine Fahrt fort, gelangte schon recht bald auf die Hauptstraße und von dort zum Hafen in List. Hier konnte er sich mit allem eindecken, was man so als Tourist brauchte. Natürlich machte er auch kurz Halt im Restaurant Piratennest, um dort eine vorzügliche Fischplatte zu genießen.

Der Blick vom Hafen aufs Meer war einzigartig und so langsam war Henry seinen beiden

Freunden doch dankbar dafür, dass sie ihn auf diese Reise geschickt hatten. Auch das Bier war gar nicht mal so übel für deutsche Verhältnisse, dachte er. Er musste sich aber ein zweites kühles Glas verkneifen, da sein Leihwagen ja auf dem Parkplatz wartete.

»Nachtisch ist Pflicht«, lachte Henry und bestellte sich nach dem leckeren Mittagessen noch ein Eis an einem benachbarten Stand und ging dann vom Hafen entfernt ins Grüne. Dort setzte er sich in den Sand, genoss die herrlich erfrischende Leckerei und ließ mit Blick aufs Meer seine Seele baumeln.

Über ihm kreisten ewig hungrige, kreischende Möwen und hofften auf einen kleinen Nachmittagshappen. Doch die wilden, gefräßigen Monster blieben chancenlos. Henry machte keine Gefangenen und das Eis war ratzfatz Geschichte.

Vom Essen und all den Impressionen um ihn herum müde geworden, legte er sich hin, schob sich zum Schutz vor der Sonne seine Kappe über das Gesicht und schlief recht bald ein.

Abermals hörte er im Traum das Blöken der Schafe und sah die ganze Bande, die sich friedlich um ihn herum versammelt hatte und nun laut zu blöken begann.

Einer nach dem anderen machte Lärm, sodass dies von der Melodie her dem Glockenspiel des Big Ben ähnelte. Henry schmunzelte in der Nachmittagssonne. Denn die Melodie seines geliebten Big Ben stammte ja aus der Feder eines deutschen Komponisten namens Georg Friedrich Händel.

Dann waren sich wohl Engländer, Deutsche und Schafe ja nicht ganz so fremd, dachte er. LOL.

Von Tag zu Tag wurde es schöner und die Insel ließ Henry förmlich aufblühen. Er genoss die Zeit mit der freundlichen Familie am Morgen und am Abend und seine zahlreichen Ausflüge rund um die Insel. Der Fisch schmeckte überall und das Bier sowieso und er liebte es, zu allen »Moin« zu sagen, denen er begegnete. Selbst fremde Passanten auf der Straße begrüßte er so und bekam von manch einem Touristen irritierenderweise einen Vogel oder gar den bösen Mittelfinger gezeigt.

Eine so einfache und doch nicht für jeden verständliche Sprache, dachte sich Henry und ließ sich seine gute Laune dennoch nicht nehmen.

Auch seine Hautfarbe hatte sich in all der Zeit auf der Insel der Schönen und Reichen deutlich verbessert: Das ungesunde Weiß hatte sich über ein ungesundes, verbranntes Rot-Weiß (Henry nannte es scherzhaft »Mister Leuchtturm Number 2«) hin zu einer gesunden

Urlaubsbräune verändert. Er kleidete sich neu ein und ließ sich sogar einen kleinen gepflegten Bart wachsen, sodass er nach gut zwei Wochen Sylt kaum noch von einem Nordfriesen zu unterscheiden war.

Diese Insel machte etwas mit ihm.

Nur die Schafe blieben ihm weiterhin suspekt. Für Henry waren es blökende, unnütze Störenfriede, die dumm in der Gegend herumstanden oder einem den Weg versperrten und zudem die zauberhafte Insel mit ihren schwarzen Kotkugeln zuschissen.

Schafe waren nicht sein Ding und störten ihn einfach nur ungemein.

Bis zu diesem einen Nachmittag.

In zwei Tagen sollte die Rückfahrt in die Heimat sein und Henry wollte noch einmal Richtung Westerland fahren, um einige Souvenirs für seine Kumpels zu kaufen. Er hatte da so einiges an Ideen, wie diese großartigen Flensburger Bierflaschen, die man mit einem lustigen Plopp öffnen konnte. Oder die gute Schokolade mit Marzipan, die zwar furchtbar teuer war, aber auch eben furchtbar gut schmeckte. Tassen mit Sylter Motiven mussten auch noch in seine Koffer.

Er stieg in den Wagen und fuhr die bekannte Strecke mit offenem Fenster entlang, um diesen ganz besonderen Wind zu genießen. Diese

110

Luft, die es eben nur hier auf der Insel zu geben schien.

Herrlich!

Ein kurzer, heftiger Windstoß riss ihm mit Wucht seine geliebte Kappe vom Kopf, die im hohen Bogen aus dem Fenster flog. Und so hielt Henry an, stieg aus und lief das kleine Stück zurück, um seine geliebte Kopfbedeckung vom Boden aufzuklauben.

Diese Kappe war ihm absolut heilig, sein jahrzehntelanger Begleiter und durfte niemals verloren gehen.

Henry ging mit einem leichten Seufzen auf die Knie, drehte seinem Leihwagen den Rücken zu und konnte so leider nicht die Gefahr erkennen, die sich hinter ihm anbahnte:

Sein treues Vehikel hatte sich selbstständig gemacht und rollte immer schneller werdend auf ihn zu! Vor lauter Stress um die Kappe hatte Henry völlig vergessen, die Handbremse anzuziehen und einen Gang einzulegen.

Ein fataler Fehler.

War dies etwa das Ende des Urlaubs und das Ende von Henry?

Der Wagen kam gefährlich nahe und Henry, der von allem nichts mitbekam, befand sich in absoluter Todesgefahr.

Plötzlich vernahm er ein lautes und bekanntes »Bäääh!« und spürte kurz danach einen heftigen Stoß von der Seite, der ihn ins hohe, sichere Gras beförderte. Und dies gerade noch zur rechten Zeit. Denn sein Leihwagen schrammte nur knapp an seiner Nase vorbei und machte nur wenige Sekunden später Henrys Sichtfeld frei auf seinen pelzigen Lebensretter.

Ein Schaf aus der berüchtigten Bande hatte tatsächlich das Schlimmste verhindert und lächelte den Engländer nun irgendwie mit freundlichen Augen an. Henry lächelte zurück und sagte sichtlich erleichtert: »Thanks, Holy Sheep.«

Tja, das war der Beginn einer großen, wenn auch späten Freundschaft. Ab jetzt liebte Henry diese zauberhaften Schafe, saß mit ihnen stundenlang am Deich und fütterte und streichelte sie.

Und tatsächlich sprach er auch mit ihnen (wenn niemand in der Nähe war) und irgendwie schienen sie ihn auch zu verstehen. Für Henry, der auf Sylt noch einmal Geburtstag feierte, waren Schafe erhabene und vor allem schlaue, empathische Tiere, die sich nur deshalb dumm stellten, um ihre Ruhe vor den stressigen Menschen zu haben.

Ein solch cleveres Verhalten kannte er bislang nur von seinem ehemaligen Chef, der sich bei schwierigen Themen stets mit Bluthochdruck entschuldigte und dann Henry alles machen ließ. Aber die Schafe nun mit seinem Ex-Chef vergleichen zu wollen, das wäre schon eine böse Beleidigung gewesen.

Wohlgemerkt für die Schafe!

»Well, manchmal sind Schafe eben doch nicht so dumm, wie sie uns weismachen wollen«, waren Henrys Worte beim Abschied von der Insel.

Und als der Flieger vom Flughafen Sylt abhob, sah er noch einmal hinunter auf seine blökenden Freunde, die friedlich auf der Weide grasten.

»Manchmal gibt es unter den Menschen auch gute Seelen, die es verdient haben, weiterhin auf der Erde zu leben«, blökte das Schaf in die grasende Herdenrunde und schaute kurz hinauf zum Flieger, der schon bald in den weißen Schäfchenwolken verschwunden war.

Bääh!

Kein Hase zu Ostern

Ostern war für uns Kinder fast so schön wie Weihnachten. Es gab ein Osternest für jeden mit Schokolade, Eiern und kleinen Hasen. Die Familie nahm sich Zeit füreinander, Oma und Opa kamen zu Besuch und es gab immer etwas Leckeres auf den Mittagstisch.

Es war eine wunderschöne Zeit für uns Kinder und auch weitestgehend stressfrei für Mama und Papa. Doch für manch anderen konnte so eine Familienfeier durchaus eine große Herausforderung werden …

***

Karfreitag 13:00 Uhr bei Familie Schmidt
»Ich habe schon heute Morgen keine Fleischwurst zum Frühstück bekommen und nun gibt es zum Mittag öden Fisch und langweilige

Kartoffeln. Was stimmt denn hier nicht?«, fragte Paula den Papa.

Immerhin war sie nun acht Jahre alt und musste – wie es Oma und Opa stets beim Besuch zum Wochenende zu sagen pflegten – noch groß und stark werden. Angesichts dieses kargen Mahls und des weniger üppigen Frühstücks hatte sie jedoch ihre allergrößten Bedenken, dass sie jemals über 1,20 Meter kommen würde.

Ihr großer, pubertärer Bruder Frederik beliebte, in solchen Momenten zu sagen: »Das ist ein Fall für das Jugendamt.« Was er aber durchaus spaßig meinte, denn er lachte stets dabei.

»Liebes, der Karfreitag stellt im Christentum den wohl bedeutendsten Fastentag dar. Wir Christen verzichten an diesem Tag auf Fleisch, um dem Tod von Jesus zu gedenken«, rezitierte Papa ganz schnell.

Die Mutter pflichtete ihrem Mann bei und ergänzte: »Einmal den ganzen Tag auf Fleisch zu verzichten, hat noch niemandem geschadet, liebe Paula.«

Und damit war das Thema für den Tag vom Tisch und es gab keinerlei Gemecker mehr, als es auch am Abend Brot, Gurken, Käse und Tomaten gab – so ganz ohne Salami, Fleischkäse oder Leberwurst.

Das wäre auch alles für Paula nicht so schlimm gewesen, hätte es nicht bereits einen Tag vorher – am Gründonnerstag – einen ähnlichen fiesen Fleischverzicht gegeben, mit einer ähnlichen Begründung von ihrer Mama:

»Gründonnerstag ist der Donnerstag vor dem Osterfest und man isst an diesem Tag traditionell kein Fleisch, sondern ausschließlich grüne Speisen.«

Da hatte Mama zum Mittag dann ebenfalls stinklangweilige Kartoffeln auf die Teller getan, zusammen mit Spinat (igitt) und einem Spiegelei.

Zwei Tage Zwangsdiät bei nur 1,20 Meter Körpergröße und dreiundzwanzig Kilogramm Körpergewicht! Da sollten sich die Eltern einmal intensiv Gedanken machen, dachte sich die hungrige und leicht verärgerte Paula.

»Na ja, dafür gibt es dann eben Ostern umso mehr«, schmunzelte sie und schaute auf den Kalender auf ihrem Schreibtisch.

In genau zwei Tagen!

Samstagmorgen stand der Wochenendeinkauf an, den die Eltern immer gemeinsam erledigten, sodass die Kinder eine sturmfreie Bude hatten. Neugierig fragte Paula:

»Was machst du denn morgen für einen Braten, Papa?« Und die Antwort folgte prompt:

»Kaninchen mit Klößen und Rotkohl, so wie jedes Jahr.«

Paula war geschockt! Das ging absolut nicht, dass so ein Langohr in den Ofen sollte an einem Ostersonntag – zumal der Hase doch ein absolutes Symbol für dieses Fest war. Und so wurde sie richtig sauer und antwortete:

»Also Mama, Papa – das könnt ihr jetzt echt nicht bringen. Hase und Kaninchen sind laut unserer Klassenlehrerin entfernte Verwandte. Ich werde weder einen Hasen noch ein Kaninchen zu Ostern essen. Das könnt ihr aber so was von vergessen!«

Und dann knallte sie demonstrativ und laut der Tür ihres Kinderzimmers zu und warf sich schmollend aufs Bett.

Kurze Zeit später ...

»Na prima, Jürgen«, fuhr Judith Schmidt ihren Mann im Auto an.

»Jetzt diskutieren wir schon mit den Kindern, was es wann zu essen gibt. Geht's noch? Also ich halte mich da ganz an den Spruch aus meiner Kindheit. Es wird gegessen, was auf den Tisch kommt. Punkt. Ende. Aus!«

Jürgen Schmidt pflichtete seiner Frau kurz bei, startete schließlich den Wagen, fuhr kurz an, um erneut zu stoppen. Dann schaute er seine Frau an und meinte:

»Na ja, Judith – vielleicht sollten wir das Ganze doch noch einmal überdenken. Irgendwie halte ich ein Langohr als Osterbraten auf unserem Tisch auch für unangemessen.«

Seine Frau rollte mit den Augen und schüttelte den Kopf. Dann fuhr er endlich los Richtung Stadt und seufzte hinter dem Steuer angesichts all des Stresses vor den Tagen.

Dreißig Minuten später war das schon leicht genervte Ehepaar am Ziel der Fahrt angekommen: die große, bunt geschmückte Innenstadt mit den zahlreichen Fachgeschäften.

Tatsächlich waren Schokoladenhasen, Osternester und einige Kleinigkeiten fix besorgt und auch für die Großeltern der beiden Kinder fand sich noch etwas als Ostergeschenk. Judith und Jürgen Schmidt bummelten scheinbar gemütlich und gelassen von Laden zu Laden, fanden dieses und jenes schick und planten dies und das, weil es recht nett anzusehen war, als schmückendes Accessoire für das Haus.

Es schien so, als sei durch die zahlreichen kleineren Einkäufe wieder Harmonie und Einklang zurückgekehrt. Doch der schöne Schein trügte. In Wirklichkeit mieden beide Ehepartner das Thema Osterbraten wie der Teufel das Weihwasser. Und just in diesem Augenblick der vollkommenen, schweigsamen Einigkeit klingelte das Handy bei Herrn Schmidt. Seine Mutter war am anderen Ende der digitalen Leitung und plapperte fröhlich drauflos:

»Tag, mein Junge. Ich hoffe, dir geht's gut. Wir kommen ja zum Mittagessen vorbei und da wollte ich nur schnell etwas mitteilen. Unser Arzt hat uns von Fleisch jeder Art strikt abgeraten wegen unserer schlechten Blutwerte. Also für Papi und mich sollte bitte eher etwas Vegetarisches auf den Tisch. Ich danke dir, mein Sohn. Bussi und Gruß an die anderen. Ich hab dich lieb.«

Ehe der perplexe Sohn etwas erwidern konnte, hatte die liebe Mutti auch schon wieder aufgelegt. Zack, weg war sie! Damit gab es nun neben der Frage, Hase, Kaninchen, Ente oder was auch immer für ein Vieh im Ofen, noch die Problematik, dass auch zwei Nichtbratenesser zu Besuch kamen.

Das hatte ihm gerade noch gefehlt. Jürgen freute sich immer mehr auf den morgigen Sonntag. Am liebsten wollte er jetzt am Tag der Auferstehung des Herrn genau das Gegenteil machen und als Herr des Hauses im Bett liegen bleiben.

All das Wunschdenken half Jürgen jedoch nichts und so ging er mit der Frau an der Hand und tausend Flüchen im Kopf durch die Lebensmittelabteilung.

Übrigens hatten die Ehepartner irgendwann zwischen Schokoladenhasenkauf und Muttis Anruf entschieden, dass ein Langohr nicht in die

Tüte bzw. in den Ofen kam. Jetzt sollte es doch Entenfilet oder Putenbrust werden, um den häuslichen Frieden mit Tochter Paula zu wahren.

Und diese leckeren alternativen Tierchen schmeckten ja auch wunderbar mit Klößen und Rotkohl.

Die liebenswerte Verkäuferin an der Fleischtheke lächelte Ehepaar Schmidt recht freundlich an, um mitzuteilen, dass die Ente leider schon aus und erst wieder nach den Feiertagen erhältlich sei.

»Soll ich Ihnen denn etwas für den Dienstag reservieren lassen?«, ergänzte sie dann und lächelte immer noch recht freundlich. Das sei absolut kein Problem.

»Gute Frau«, begann Jürgen Schmidt weniger freundlich lächelnd, »wir kaufen gerade für OSTERN ein. OSTERN ist bekanntlich morgen und übermorgen. Eine Reservierung der Ente nach OSTERN macht insofern wenig Sinn. Oder sehen Sie dies irgendwie anders?«

Judith Schmidt zog ihren Mann kurz beiseite und bat ihn, seinen Ton zu mäßigen. Immerhin konnte die freundliche Fachverkäuferin doch nichts dafür, dass er mal wieder auf den letzten Drücker einkaufen musste. Jürgen lächelte seine Frau kurz an, nickte aufgesetzt freundlich und wandte sich dann wieder an die immer noch liebenswerte Dame hinter der Theke.

»Nun gut, da es Ende mit der Ente ist, nehmen wir die gute, frische Pute«, reimte er und musste herzhaft über seinen unheimlich geistreichen Wortwitz lachen, während Frau Schmidt und Frau Verkäuferin keinerlei Sinn für einen derartigen Humor am Samstagmittag hatten.

»Nun, welche Pute soll es denn bitte sein?«, kam es pfeilschnell als Retoure zurück von der anderen Seite der Theke.

»Wir hätten deutsche Qualitätspute, französische Maispute, englische Zartpute, italienische Kastanienpute, tschechische Wildpute oder holländische Weißpute. Was soll es denn jetzt sein, der Herr?«

Funkstille für einige Sekunden.

Der Blick von Jürgen Schmidt wurde finster und starr und erinnerte an die klassischen alten Italowestern von Sergio Leone, wenn sich der Gute und der Böse in einer menschenleeren Stadt in der Mittagshitze zum Duell gegenüberstanden. In diesem Moment in der Lebensmittelabteilung fehlte tatsächlich nur noch ein Hut, ein Halfter mit geladenem Revolver, eine Mundharmonika und eine spannungsgeladene Hintergrundmusik.

Dann kam der Schuss!

»ICH MÖCHTE ÜBER OSTERN KEINEN SPRACHKURS BELEGEN UND ES IST MIR

TOTAL EGAL, OB DIE PUTE ITALIENISCH SPRICHT, KLAVIER SPIELT ODER SONSTIGE GRANDIOSE KUNSTSTÜCKE KANN. DAS BLÖDE MISTVIEH SOLL EINFACH NUR MORGEN MITTAG BEI UNS IN DEN OFEN UND DORT BRAUN WERDEN. KNUSPRIG BRAUN. HABEN SIE DAS VERSTANDEN ODER BRAUCHEN SIE ES SCHRIFTLICH?«

Eine Stunde später erklärte Judith Schmidt dem freundlichen Polizeibeamten auf dem Revier, dass ihr Mann bislang immer eine achtsame Seele von Mensch gewesen sei und sie ein derart aggressives Verhalten zutiefst verurteile. Dann durfte sie ihren Jürgen an der Hand mit nach Hause nehmen, der immer noch nicht verstanden hatte, warum er die liebenswerte, freundliche Verkäuferin beschimpft und eine »dumme Pute« genannt hatte.

Verflixtes Osterfest! Was machte so ein Feiertag mit ihm und seinen sonst so starken Nerven.

Viele Stunden später ...

Es war ein sonniger und gemütlicher Ostersonntag. Die Kinder freuten sich über leckere Schokolade, bunte Osternester und sonstige Kleinigkeiten.

Oma und Opa bekamen tatsächlich etwas Vegetarisches serviert und der Rest der Familie schaute auf die leckere deutsche Qualitätspute, die von Mama Schmidt wunderbar braun gebraten auf dem Servierteller glänzte und vor allem die kleine hungrige Paula erfreute.

Na ja, beinahe die restliche Familie.

Jürgen Schmidt fehlte am familiären Ostertisch. Er hatte sich tatsächlich eine Auszeit von Ostern und der Familie verschrieben und war am Tag der Auferstehung einfach im Bett liegen geblieben.

Nun sah er sich seit Stunden schöne alte Western an. Da, wo Männer noch wahre Männer waren und ihre Konflikte kurz und bündig regelten: Auge in Auge, in der glühenden Mittagssonne, mit Hut auf dem Kopf, Halfter mit geladener Waffe und passender Hintergrundmusik.

Fußspuren im Schnee

Habt ihr euch einmal Gedanken gemacht über Schicksal, Bestimmung und Leben? Warum hat der eine immens viel Glück und warum hat ein anderer so derart viel Pech?

Kann man seine Lebenswege selbst beeinflussen oder ist unser Drehbuch schon geschrieben? Ich habe so meine eigene Interpretation dazu …

***

Die ersten warmen Sonnenstrahlen fielen in das behaglich eingerichtete Schlafzimmer des oberen Stockwerks und fanden ihren Weg zu Stefanie. Mit einem kurzen Seufzen drehte sie ihren Kopf auf dem Kissen, um den vielen frechen hellen Störenfrieden zu entkommen.

»Nein, jetzt noch nicht. Kommt bitte später wieder«, flüsterte sie und wollte noch eine Weile im behaglich warmen Bett verweilen.

Nur noch eine klitzekleine Weile.

Doch der allzu frühe Schneepflug vor dem Haus, der mit viel Lärm die Straße vom Großteil der weißen Pracht befreite, nahm Stefanie den letzten Rest von Muße und Ruhe. Daher hieß es nun für sie aufstehen, duschen, frühstücken und gut in den Morgen starten.

Der Alltag rief unbarmherzig.

Bereits zwanzig Minuten später fand sich die junge Frau im gut geheizten Wohnzimmer wieder – gemütlich auf der Couch sitzend mit einer heißen Tasse Kaffee und mit Blick auf den wunderbar angelegten großen Garten. Alle Lebensbäume waren mit weißem Puder bedeckt und auf der Schneedecke über dem Rasen konnte Stefanie die Spuren von einigen willkommenen Besuchern entdecken: ein Hase, eine Maus oder ein Igel und jede Menge Abdrücke von Vogelarten.

Alle hatten sich wohl hungrig auf die vielen Schalen voller Futter gestürzt, die Stefanie auf der Terrasse platziert hatte, um den vielen Tieren im Winter zu helfen. Und das freute die junge Dame ungemein.

»Zeit für ein wenig Musik«, sagte sie dann, setzte sich vor das perfekt gestimmte Klavier, stellte die halbvolle Tasse oben ab und spielte zwei ihrer absoluten Lieblingsstücke. Zumindest wollte sie das zweite Stück von Chopin zu Ende spielen, als es an der Haustür läutete – und gleich danach noch ein zweites Mal.

»Zu früh für die Post«, seufzte Stefanie und eilte barfuß zur Türe. Dabei stieß sie mit dem Knie gegen den Schuhschrank in ihrer Diele.

»Autsch!«, fluchte sie leise und öffnete die Haustür, rieb sich die schmerzende Stelle am Bein und sah vor sich einen Bettler, Hausierer oder, platt gesagt, Penner stehen. Das war zumindest ihr erster Eindruck von dem jungen Mann, der in sehr ärmlichen, ungepflegten Klamotten und ungeputzten, älteren Stiefeln gekleidet war.

»Guten Tag, mein Name ist Niko Kuckelkorn. Ich möchte Ihnen gerne die neue Kollektion meiner handgemalten Weihnachtskarten zeigen«, sagte der Herr sehr freundlich und wollte noch mehr von sich geben.

Doch mit einem allzu schroffen: »Nein danke, ich kaufe prinzipiell nichts an der Tür«, wurde ihm diese geschlossen und Stefanie ging wütend zurück ins Wohnzimmer und schaute sich den schon leicht blauen Fleck an ihrem Knie an.

»Verdammter Bettler«, schimpfte sie, »muss der gerade jetzt hier bei mir klingeln?«

Dann setzte sie sich wieder mit der inzwischen nicht mehr allzu heißen Tasse Kaffee auf die Couch und schaltete den riesigen Fernseher ein, um das aktuelle Geschehen des Tages zu sichten.

Die üblichen deprimierenden News rund um Katastrophen, Kriege, Wirtschaftskrisen und Wetterkapriolen flimmerten über den Bildschirm. Was hervorragend zu ihrer aktuellen Stimmung passte.

Und dann – dann machte es auf einmal KLICK bei ihr und wie von einer Tarantel gestochen sprang sie auf.

»Was bist du doch für ein arrogantes Miststück geworden! Du lebst hier in diesem großartigen Haus, hast einen verdammt guten Job und Geld ist reichlich auf dem Konto. Das Elend anderer geht dir wohl am Po vorbei. Schäm dich, Fräulein!«, sprach sie erbost zu sich selbst und lief barfuß aus dem Haus, um sich auf die Suche nach dem jungen Mann zu machen.

Tatsächlich fand sie ihn eine Straße weiter entfernt, entschuldigte sich mehrmals für ihr unhöfliches Benehmen und bat ihn in ihr Haus.

Höflich zog er seine Schuhe aus und stellte sie vor den Eingang und hing seine Jacke ordentlich an die Garderobe. Dann folgte Niko Kuckelkorn der jungen Dame ins Wohnzimmer und nahm im Sessel neben der Couch Platz.

Stefanie ließ sich alle Weihnachtskarten von ihm zeigen und war sehr überrascht, wie ansprechend und kreativ manche Motive waren.

»Die haben Sie wirklich alle selbst gemalt und gezeichnet?«, wollte sie wissen und bekam ein kurzes freundliches Nicken als Antwort.

Niko sah absolut nicht wie ein Penner aus, musste sie sich eingestehen. Zudem waren seine Hände und Haare top gepflegt und sein Hemd sauber und gebügelt. Außerdem hätte Stefanie zumindest Löcher in den Socken erwartet und wurde auch da positiv überrascht.

So schmunzelte sie und ärgerte sich zugleich über ihre Vorurteile und die gedanklichen Schubladen.

»Okay, dann kaufe ich Ihnen sehr gerne einen kompletten Kartensatz ab. Ich mache Ihnen nur schnell einen Kaffee, wenn Sie möchten, Herr Kuckelkorn«, sagte Stefanie und ging barfuß nach nebenan in die Küche.

Niko sah ihr nach und dachte an ihre vielen süßen kleinen Fußabdrücke im Schnee, denen er von der Straße bis zu ihrem Haus gefolgt war. Dann lachte er kurz auf und rief:

»Niko, einfach nur Niko bitte«, zu ihr. Stefanie kam mit einer vollen Tasse Kaffee zurück ins Zimmer und erwiderte:

»Ist okay, Niko. Ich bin Steffi.«

Und dann lachten sich beide an und der blöde Start war irgendwie vergessen.

Stefanie erfuhr in den nächsten zwei Stunden viel Interessantes über Niko. Die Straße war nicht immer sein Zuhause gewesen. Einst hatte er einen gut bezahlten Beruf in einer Werbeagentur, erstellte Konzepte für große führende Unternehmen und hatte ein ähnlich schickes Haus wie Steffi.

Doch mit dem Erfolg und dem vielen Geld kam auch so mancher Fehltritt, so mancher falsche Freund und Drogen und Alkohol in sein Leben.

Er machte Fehler im Beruf, er verlor wichtige Großaufträge an die Konkurrenz und letztlich musste er Konkurs anmelden. So schnell und überraschend er gute Freunde und zuverlässige Sponsoren gewonnen hatte in seinen Glanzzeiten, so schnell waren alle wieder entschwunden, als das Tief kam.

»Niemand will etwas mit Verlierern zu tun haben, liebe Steffi. Denk nur an deine Reaktion von eben«, sagte Niko und da musste sie ihm zustimmen.

Tja, und so verlor Niko alles, was ihm lieb und teuer war. Das Haus wurde versteigert, das Geld floss in die gesamte Konkursmasse und er behielt lediglich seine eigene Werkstatt, die aus einem bescheidenen kleinen Holzhaus bestand.

»Stolze 25 Quadratmeter sind mir geblieben – aber hey, die sind schuldenfrei und ich habe es urgemütlich, trocken und einigermaßen warm«, erzählte er ihr.

»Von ganz oben nach ganz unten im freien Fall – das ging so verdammt schnell. Und doch kann ich nicht klagen, Steffi. Ich bin mit diesen wenigen Dingen in meinem Leben mehr Niko, als ich es jemals zuvor war. Wenn du verstehst, was ich meine.«

Und Stefanie pflichtete ihm bei.

Was für ein interessanter, kluger und liebenswerter Typ er doch war, wenn man sich die Zeit für seine Lebensgeschichte nahm.

Dann verabschiedete er sich mit einem kleinen Kuss auf ihre Wange, bedankte sich für die liebevolle Gastfreundschaft und versprach, dass er sich revanchieren würde, wenn Stefanie mal in seiner Nähe sei oder man sich sonst irgendwie über den Weg laufen sollte.

So verstrichen die Monate …

Es wurde Frühling und es wurde Sommer – und schon bald war Niko vergessen. Steffis Alltag war wie immer vollgespickt mit Stress im Beruf und vielen Belangen rund ums Haus. Nur ab und an warf sie mal einen Blick auf eine der handgemalten Karten von Niko, die sie mit einem Magnet am Kühlschrank befestigt hatte.

Auf dieser Karte war wohl das kleine Holzhaus zu sehen, in dem er wohnte – mit einem hellen Fenster und umrahmt von einer Schneelandschaft. Und dann dachte sie ganz kurz an den zauberhaften Morgen mit ihm und den vielen erfreulichen und weniger schönen Erzählungen rund um sein Leben.

Ein kurzer, liebevoller Gedanke nur, ehe sie sich wieder dem Alltag widmete.

Dann kam der launische Herbst und Stefanie wurde krank. Sehr krank.

So ein Krebs kommt leider immer unerwartet und mit seiner ganzen Wucht.

Viele Wochen Krankenhaus waren damit verbunden, mit zahlreichen Therapien, Visiten und Medikamenten. Die Ärzte versicherten, dass alles getan würde und Hoffnung auf eine baldige Genesung bestand. Und doch spürte Steffi, dass es ein sehr langer und beschwerlicher Weg sein würde.

Gute Freunde kamen in den ersten Tagen zuhauf, um ihr Trost zu spenden und Kraft zu geben. Sie saßen am Bett oder gingen mit ihr in den Park der Klinik und sprachen über die guten alten Zeiten, als alles so sorgenfrei und unbekümmert war, und sprachen ihr Mut zu, sich in das Leben zurückzukämpfen.

Doch Woche für Woche wurden die Besuche weniger und letztlich waren es nur noch ihre Eltern und eine gute Freundin, die an ihrem Bett saßen und ihre Hand hielten.

Die Tage im Zimmer des Krankenhauses wurden einsamer und dunkler für sie.

An einem dieser stillen, einsamen Nachmittage klopfte Niko überraschend an ihre Zimmertür und ging rüber ans Krankenbett. Er lächelte sie freundlich an und sie war so überaus erfreut, ihn zu sehen.

»Hey, schau mich an, ich habe meine beste Jacke und meine beste Jeans angezogen. Extra für dich, liebe Steffi«, sagte er und hielt ganz kurz ihre Hand. Dann setzte er sich nah zu ihr auf einen Besucherstuhl und schaute sie an.

Blass sah sie aus, müde und mit der Glatze und ohne Augenbrauen so ungewohnt anders. Doch ihr Blick zeugte von Hoffnung und Kampfeswillen und das wiederum gefiel ihm.

»Was machst du bloß für Sachen. Da bin ich einmal neun Monate nicht in deiner Nähe, und du machst gleich das volle Programm«, lachte er ihr zu und streichelte sanft ihre Wangen.

Sie schloss die Augen für einen kurzen Moment und genoss diese Berührung und das schöne Gefühl, dass Niko der Landstreicher sie nach so langer Zeit nicht vergessen hatte.

»Ich konnte dich einfach nicht aus meinem Kopf kriegen«, sagte er und lächelte sie liebevoll an.

»Ich habe die letzten Monate so oft an dich denken müssen und habe mehrmals an deiner

Tür gestanden. Doch du warst leider nie da. Vor wenigen Tagen habe ich dann von deinem Nachbarn erfahren, was mit dir los ist. Was für ein großer Mist!«

Steffi war zutiefst berührt und entschuldigte sich schnell bei Niko für ihre Gedanken. Natürlich hatte auch sie ihn nicht vergessen.

Erst jetzt entdeckte sie das große verpackte Etwas, welches Niko neben seinen Stuhl abgelegt hatte. Und das weckte ihre Neugierde.

»Hast du mir etwa eine neue Kaffeemaschine mitgebracht oder schenkst du mir deine alte Jacke?«, fragte sie frech. Niko lachte laut auf und sah den bösen Blick der anderen Patientin im Bett gegenüber, die er wohl soeben geweckt hatte.

»Nein, das ist etwas ganz Besonderes für dich«, flüsterte er leise. »Aber da musst du schon selbst aufstehen und das Geschenk auspacken.«

Er half ihr aus dem Bett und sah erst jetzt, wie sehr Steffi an Gewicht verloren hatte. Er ließ sich aber seinen Kummer nicht anmerken.

Stefanie nahm das riesige Paket aufgeregt an sich, entfernte das Papier von ihrem Geschenk und dann staunte, lächelte und weinte sie und nahm Niko ganz lange und glücklich in den Arm.

Er hatte ein Bild von ihr gemalt. Na ja, von »ihr« war schon zu viel des Guten gesagt.

Auf dem zauberhaften Gemälde waren ihre zierlichen Fußabdrücke im Schnee zu sehen, die vom Vorgarten des Hauses bis hin zur Eingangstüre führten. Ihre rechte Hand mit dem blauen Armband, welches ein Andenken an ihre verstorbene Oma war, war ebenfalls auf dem Gemälde zu erkennen.

Doch das Besondere an diesem Bild war der letzte Fußabdruck, der kurz vor der Eingangstüre zu erkennen war. Dieser hatte die Form eines Herzens, in dem man die beiden Buchstaben S und N sehen konnte, die mit einem + verbunden waren. Steffi kullerten die ersten Tränen über die immer noch blassen Wangen hinab.

So etwas Schönes hatte ihr noch niemand geschenkt.

»Ich habe dir doch versprochen, ich werde mich zu gegebener Zeit revanchieren für deine Gastfreundschaft«, sagte Niko und küsste sie liebevoll und zärtlich auf die Stirn. Dann flüsterte er ihr ins Ohr: »Werde bitte schnell wieder gesund, meine Süße. Die Welt braucht dich. Ich brauche dich!«

Was für ein schönes Zeichen von Dankbarkeit, Achtsamkeit und tiefer Zuneigung dies doch war.

Tatsächlich wurde Steffi wieder ganz gesund und Niko zog zu ihr in das große, gemütliche Haus. Das zauberhafte Gemälde mit ihren

Fußspuren im Schnee wurde der Blickfang an der Wand im Esszimmer.

Happy End!

Ob das Leben schicksalhaft dunkel bleibt oder wir es neu mit Farben versehen – das haben wir oft selbst in der Hand ...

In The Air Tonight

Kindheit und Musik gehören einfach zusammen. Ich hatte Poster, Starschnitte und Autogrammkarten von meinen Lieblingsbands an meiner Zimmerwand und zahlreiche Langspielplatten und Musikkassetten im Regal. Die schwedische Popgruppe ABBA war Kult und mit der Neuen Deutschen Welle kamen Nena und Falco in meine Welt und wurden Dauergast auf meinem Plattenspieler.

Einer der allergrößten Musiker war jedoch Phil Collins für mich, der mich mit seinen genialen Songs durch viele Abschnitte meines Lebens begleitete.

War ich traurig, dann hatte er den passenden melancholischen Song für mich. War ich megahappy, dann verstärkte der gute Phil dieses Gefühl und ich sang laut und glücklich in meinem Zimmer mit ihm.

Ich bin wohl nicht der Einzige, der diesen Künstler so überaus bewundert hat …

***

Am Samstagabend sollte es endlich so weit sein. Ich hatte Ende November 1990 stundenlang in der Schlange gestanden, um zwei Karten für das Phil Collins-Konzert Anfang Februar 1991 zu ergattern. Das Ganze hatte mich damals stolze 180 D-Mark, kalte Füße, rote Ohren und eine fette Erkältung gekostet.

Aber hey, das alles war es mir wert.

Phil Collins, das war mein Künstler. Bei »In The Air Tonight« hatte ich die Frau meines Lebens im Arm und tanzte eng umschlungen mit ihr. Ich traute mich zu einem ersten zaghaften Kuss nach gefühlten zwei Minuten und 27 Sekunden und die Welt war eine andere.

Den zweiten Kuss vermasselte ich dann prompt, weil der Song ja zur Mitte hin schneller wurde und das Schlagzeug nur so hämmerte. Da war keine Chance mehr auf Stehblues, Nähe und inniges Knutschen.

Vielen Dank auch, Mister Collins – das beste Timing war dies wohl nicht!

Dennoch war »In The Air Tonight« seit diesem Abend der Song, der alles zum Besseren veränderte. Ich war endlich nicht mehr Single, tierisch über beide Ohren verknallt und hatte eine süße Freundin.

»Hast du schon gehört, Rainer? Phil Collins kommt nach Dortmund in die Westfalenhalle«, sagte mein Freund Wolfgang zu mir.

»Das wäre doch was für dich und Ute, oder?«

Natürlich war ich sofort Feuer und Flamme und kaufte wie schon erwähnt die zwei Karten. So hatte ich das perfekte Weihnachtsgeschenk für meine Süße und ein grandioses Highlight für das anstehende Jahr. Endlich würde ich meinen Künstler live auf der Bühne sehen und zugleich meine Freundin im Arm halten können.

Genial!

Weihnachten 1990 zu zweit war zauberhaft. Wir kuschelten auf der Couch mit Weihnachtsbaum rechts und dem kleinen Fernseher links neben uns. Glühwein und Plätzchen schmeckten, die Küsse sowieso und als meine Ute die Karten auspackte, da strahlte sie heller als die Kerzen am Tannenbaum. Ich hatte einen absoluten Treffer mit dem Geschenk gelandet und wurde Stunden später auch himmlisch beschert.

Doch das gehört jetzt nicht hier hin.

Wir zählten die Wochen bis zum Konzert und hatten die Karten an unsere Pinnwand in der Küche geheftet.

Immer wenn ich morgens Frühstück und Kaffee machte, lachten mich die beiden Tickets an.

Und wenn meine süße Ute abends Tee und Abendbrot zubereitete, berührte sie die Karten und flüsterte:

»Bis bald, Phil. Wir sehen uns!«

Wochenlang hörten wir alle Platten und CDs von Mister Collins, kannten jeden Songtext auswendig und wenn unser »In The Air Tonight« kam, dann glänzten unsere Augen und wir tanzten eng umschlungen im Wohnzimmer, in der Küche oder auf dem Balkon.

Das war unser Song!

Samstagmorgen, 2. Februar 1991, 08:21 Uhr
Der Tag der Tage war endlich gekommen und wir hatten vor lauter Aufregung kaum schlafen können. Als ich morgens noch hundemüde aus dem Fenster schaute, da traute ich meinen Augen kaum: Es hatte heftig geschneit und die Dächer, Bäume, Gärten und vor allem die Straßen waren schneeweiß!

Ich weckte Ute frech mit einer Handvoll Schnee, den ich vom Balkon gesammelt hatte und ihr auf den Bauch legte. Dass dies ein mega Fehler war, spürte ich erst unter der Dusche. Als meine Süße den Vorhang liebevoll zur Seite schob und mir drei fette, eiskalte Schneebälle auf meinen wohl definierten Body warf!

»Rainer, hast du eigentlich Winterreifen auf deinen Escort aufgezogen?«, fragte mich

Ute später am Frühstückstisch und ich musste schmunzeln. Ich hatte noch nie solche Söckchen gebraucht für meine Fahrten durch Köln. Zu dieser Zeit waren die Straßen immer gut geräumt, gestreut und absolut safe.

Warum sollte ich also unnütz Geld ausgeben?

Tja, gegen Mittag nahm der Schneefall zu. Im Radio war im Verkehrsbericht zu hören, dass es kilometerlange Staus rund um Nordrhein-Westfalen gab. Ute wurde nervös.

»Sollten wir nicht besser mit dem Zug fahren?«, fragte sie und ich schüttelte den Kopf.

»Nein, ist nicht nötig. Wir fahren früh genug los und können dann in Dortmund noch locker eine Pizza oder einen Döner essen. Wenn wir um 15:00 Uhr starten, sind wir gegen 16:30 Uhr da und haben dann noch genug Zeit. Nur keine Panik.«

Auch an diesem Tag lernte ich, dass man öfter Mal auf die Frau hören sollte. Denn gegen 17:30 Uhr waren wir noch immer im Stau am Autobahnkreuz Leverkusen und somit 80 Kilometer vom Ziel entfernt.

Das wurde eine enge Kiste und nichts mehr mit Futtern vorab.

Aber mein Wagen machte keinerlei Zicken und blieb trotz der Sommerreifen in der Spur. Anfahren im Stau funktionierte ohne Ausscheren, wenn ich brav mit dem zweiten Gang startete. Weder Schnee noch Matsch stellten ein Hindernis für meinen Ford Escort dar, wofür ich ihm überaus dankbar war. Das wäre eine weitere Schmach gewesen, wenn Ute auch noch hier recht behalten hätte.

Auch Männer haben schließlich Gefühle.

Mit reichlich Verspätung und einem kurzen Zwischenstopp an einer Tankstelle kamen wir gegen 19:15 Uhr in Dortmund an und fanden tatsächlich einen Parkplatz in der Nähe der Westfalenhalle. Wir waren so was von happy, gaben uns einen dicken Schmatzer und machten uns auf den Weg zum Eingang. Denn Einlass war ab 19:00 Uhr und das Konzert sollte gegen 20:00 Uhr starten.

Ute lächelte mich kurz vor der Glastüre erneut glücklich an und flüsterte mir ins Ohr:

»Oh Mann, mein erstes Live-Konzert und dann gleich mit den beiden besten Typen auf Erden. Ich liebe dich!«

Samstagabend, 2. Februar 1991, 22:10 Uhr,
vor der Westfalenhalle in Dortmund
Jetzt kam unser Song »In The Air Tonight« an die Reihe. Zumindest war uns beiden so, als spielten Phil Collins und seine Band das Intro zu unserem Lied.

Eng umschlungen tanzten wir beiden vor der Halle, hatten rote Ohren, kalte Füße und ab und an eine Träne in den Augen. Wir weinten nicht vor lauter Rührung oder aus purer Liebe zueinander.

Nein, wir weinten, weil wir keine Eintrittskarten vorweisen konnten und auch an der Abendkasse keine Tickets mehr zu erwerben waren. Wie erwartet war das Konzert restlos ausverkauft gewesen.

Ich Schnarchnase hatte tatsächlich nach dem Tanken und dem Bezahlen mein Portemonnaie an der Kasse liegengelassen. Das gute Teil wurde mir zwei Tage später zugeschickt.

Alles war noch drin:

Bargeld, Personalausweis, Führerschein, das erste gemeinsame Foto mit Ute, drei Kondome und die zwei Konzertkarten für Phil Collins!

Eisern und hartnäckig hatten wir das ganze Konzert draußen vor der Halle gehört, mitgetanzt und mitgesungen. Viele andere Frauen hätten mir wohl eine heftige Szene gemacht, mich böse beschimpft oder sich sogar ein Taxi bestellt.

Doch meine süße Ute blieb bis zum letzten Lied und bis zum letzten Applaus an meiner Seite und strich mir liebevoll und tröstend über meine eiskalten Wangen.

Vielleicht war dies sogar das beste Konzert meines Lebens.

Hans-Otto der Zweite

Wir lieben die Nordsee, die Brise, diesen einzigartigen blauen Himmel, Möwen und Schafe und die Menschen dort oben. Tatsächlich hatten wir vor vielen Jahren eine lebensgroße Figur eines Kapitäns mit Uniform und Pfeife rauchend erworben, der auf einer Bank in unserem Garten saß.

Sonne, Regen, Schnee und freche Vögel machten seiner Hülle schwer zu schaffen und er wurde unansehnlich, sodass wir ihn für wenig Geld verkauften und Hans-Otto den Zweiten erwarben. Der sitzt nun brav und vom Wetter geschützt im Wohnzimmer, schaut uns zu und denkt sich wohl seinen Teil.

Der Kerl ist eine nette Dekofigur, ein Blickfang und bemaltes Polyresin – nicht mehr …

***

»Schau doch mal, Schatz, wie echt diese Figur aussieht«, meinte sie entzückt zu ihrem Mann, der im großen Dekoartikel-Laden kurz vor der dänischen Grenze nach etwas ganz Besonderem für den Garten suchte. Ein Leuchtturm für die Terrasse oder eine schicke, sexy Meerjungfrau für seinen Teich sollte es sein. Ein Blickfang für Familie, Freunde und Nachbarn – danach stand ihm der Sinn. Etwas so ganz Ausgefallenes, was keiner im benachbarten Umfeld hatte.

Da sollte dann selbst sein Nachbar Helmut vor Neid erblassen, der immer in seinem Garten alles viel schöner und viel ordentlicher und viel ansprechender hatte. Was aber keineswegs den Tatsachen entsprach.

Okay, der Teich nebenan war etwas großzügiger angelegt worden und die fetten Kois hatten auch einige nette Euronen gekostet. Und anstelle von Steinplatten hatte der Angeber rechts neben ihm Bangkirai-Holz legen lassen für die Terrasse. Aber ansonsten konnte er mit Helmuts Nobelgarten absolut mithalten. Es fehlte halt nur noch das berühmte Tüpfelchen auf dem i.

»Ja, sieht schick aus«, murmelte er daher nur wenig achtsam zurück und nahm nicht wirklich Notiz von der Entdeckung seiner Gattin. Er hatte gerade die Figuren aus Stein gesichtet, die man an die Pumpe seines Teichs anschließen konnte und die dann aus allen möglichen Öffnungen Wasser spendeten. Da gab es Frösche und Schildkröten als Wasserspeier sowie auch Zwerge, Kobolde und sexy Meernixen.

Direkt neben der schönen, spärlich bekleideten Dame aus Stein entdeckte er dann ein Manneken Pis aus Bronze. Sofort hatte er Bilder im Kopf, wie der kleine Mann mit Gesicht und Co, in Richtung des nachbarschaftlichen Gartens gewandt, seine Blase entleerte.

Das wäre ein Spaß gewesen – keine Frage!

Aber er wusste auch, dass mit dem Nachbarn nicht zu spaßen war. Denn Helmuts Sohn studierte Jura und die eigene Kanzlei war nur noch eine Frage von Zeit und Budget. Dabei hatte der Lümmel früher nur Unsinn im Kopf gehabt, mit Müh und Not den Numerus clausus von 1,8 geschafft und war ansonsten genauso arrogant und unausstehlich wie sein Alter.

Na ja, der Apfel fällt eben nicht weit vom Stamm.

Da war doch sein eigener Sohn so ganz anders, viel achtsamer und prima geraten. Er war immer freundlich zu jedem, hatte ein sensationelles Abitur hingelegt und war nun auf dem besten Wege, ein anerkannter und berühmter Arzt zu werden.

Leider war Würzburg nicht gleich um die Ecke von Bonn gelegen, sodass er seinen Sohn nur alle vierzehn Tage zu Gesicht bekam – wenn das fröhliche Wäschewaschen anstand. Aber sicherlich würde sein ganzer Stolz nach erfolgreichem Studium eine gute Praxis im Bonner Umfeld aufmachen.

Helmut würde platzen vor Neid.

»Soll ich ihn denn nun kaufen, was meinst du?«, fragte die Gattin, dieses Mal im Tonfall schon etwas energischer, und er antwortete freundlich zurück:

»Das kannst du gerne so machen mein Schatz, ich suche noch ein wenig.«

Und so wurde es gemacht.

Als er wenig später seine Frau im Laden suchte und der nette ältere Herr an der Kasse nach draußen zeigte, mit den Worten »sind beide schon im Auto und warten auf Sie«, bedankte sich Klaus höflich, wünschte noch einen guten Tag und ging anschließend raus Richtung Wagen.

Ein wenig enttäuscht, dass er nicht das passende Accessoire für seinen Garten gefunden hatte, stieg er in den Wagen, schnallte sich vorbildlich an und sprach zu seiner Marion:

»Na ja, jetzt haben wir wohl doch nichts als nettes Souvenir dabei. Schade um die Zeit.«

Dann fuhr er los, sah überrascht das fremde blaue Knie zu seiner Rechten, schrie laut auf und stieg voll auf die Bremse!

Sein erster Gedanke war, dass er vielleicht aufgrund seines nicht mehr so jugendlichen Alters ins falsche Auto gestiegen war. Aber dann hätte ja der Schlüssel nicht ins Zündschloss gepasst. Zumindest hatte ihm der Verkäufer damals hoch und heilig versichert, dass sein Wagen absolut diebstahlsicher und der Motor nur durch diesen einen heiligen Schlüssel zu starten sei.

Sein zweiter Gedanke war, dass sich der fremde Kerl unberechtigterweise Zutritt in seinem Wagen verschafft und seine arme Frau in den Kofferraum gesperrt hatte. Was aber genauso verkehrt wie Gedanke Nummer eins war. Denn eine Marion Küppers würde so etwas niemals mit sich machen lassen und solch eine gewagte Aktion hätte dem Herrn in Blau rechts neben ihm mindestens das Leben gekostet.

Und so war Gedanke Nummer drei der absolut richtige:

Neben ihm als Beifahrer saß eine lebensgroße, Pfeife rauchende Schiffskapitänsfigur aus Glasfaser, die perfekt angeschnallt war, während seine Frau auf dem Rücksitz saß – ebenfalls perfekt angeschnallt, mit einem satten Grinsen im Gesicht.

»MARION – was oder wer um alles in der Welt ist das?«, fragte Klaus Küppers leicht aufgebracht und doch kannte er schon die Antwort.

Weil er törichterweise seine Zustimmung erteilt hatte.

»Darf ich vorstellen – das ist Hans-Otto der Zweite, mein lieber Ehemann. Frag mich nicht, wo der Erste geblieben ist, schnall dich nun brav an und lass uns flott nach Hause fahren. Denn in wenigen Stunden ist Berufsverkehr und dann stehen wir im Stau. Und das willst du mit deinem neuen Beifahrer garantiert nicht«, sagte die wie immer kluge als auch schadenfrohe Marion Küppers.

Aber es gab Tage im Leben des Klaus Küppers, die wie eine gesamte Samstagabend-Show von Verstehen Sie Spaß anmuteten.

Selbstverständlich stand er mit grinsender Frau und rauchendem Seebären zwei Stunden später in besagtem Stau.

Selbstverständlich gab es fragende, böse, erschrockene, heitere und auch begeisterte Blicke aus Seitenscheiben anderer im Stau stehender Leutchen.

Und selbstverständlich wurden Handys gezückt von gierigen Paparazzi jedweden Alters.

Innerhalb von Minuten gingen die Küppers mit ihrem Hans-Otto dem Zweiten über YouTube und Facebook viral.

Oh Kapitän, mein Kapitän!

Viele Stunden später erreichte Familie Küppers ihre Straße und den eh schon genervten

Hausherrn plagte beim Parken des Wagens knapp vor der rettenden Tür nur der eine Gedanke:

»Wie schaffe ich den blauen Kameraden ins Haus, ohne dass es Helmut sieht?«

Denn das wäre die größte Demütigung seit dem Rasenmäher-Wettrüsten vor drei Jahren gewesen.

Damals hatte Klaus Küppers voller Stolz seinen neuen akkubetriebenen Super-Rasenmäher über seinen perfekt grünen englischen Rasen laufen lassen – und dies vor den erstaunten Augen von Helmut, der noch mit einem altmodischen, kabelgebundenen Modell fuhrwerkte.

Was für ein erhabenes Gefühl dies gewesen war und wie cool man sich als Sieger vorkam.

»Ich Tarzan, du nichts!«

Bis der verflixte Akku aus heiterem Himmel zu qualmen anfing, der Motor brannte und hässliche schwarze Kreise auf dem einst perfekten Rasen hinterließ. Sein liebenswerter Nachbar hatte zeitgleich mit Handy alles beweisführend und für die Nachwelt festgehalten.

So eine Arschgeige.

Diese Niederlage schmerzte Klaus noch tagelang. Die ganze Straße hatte das vernichtende Brandvideo gesehen und sein Hans-Otto der Zweite sollte nun nicht für eine weitere Demütigung sorgen. Daher wurde der rauchende Kerl mit einer Plane zugedeckt und sollte später bei Dunkelheit ins Haus geholt werden.

Ein guter Plan mit der Plane.

Ein Haus weiter rechts, verdeckt hinter einem Vorhang lauernd, hatte Helmut Brenner die Ankunft seiner Nachbarn gesehen. Dies wäre eigentlich nichts Besonderes gewesen, hätte sich Klaus, die Nervensäge, nicht so merkwürdig benommen. Seine Frau stieg erstaunlicherweise von der Rückbank aus dem Auto, während sich auf dem Beifahrersitz ein großer, anscheinend schwerer Gegenstand befand, der von einer dunkelgrünen Plane verdeckt war.

Und schon war Helmuts Neugierde geweckt. War dies etwa die seit langem angekündigte Wertsteigerung für den Garten der Küppers?

Am nächsten Morgen saß Hans-Otto der Zweite gemütlich am Wohnzimmertisch, rauchte seine Pfeife und schaute auf den Garten. Klaus fand seinen neuen Mitbewohner zwar nicht uninteressant und mit dieser Kapitänsmütze und der schicken Uniform sah die Figur durchaus beeindruckend aus – aber er kannte seinen Nachbarn nur allzu gut. Der würde kein gutes Haar an dem Seemann lassen und erneut für Unruhe und Häme sorgen.

So viel war sicher: Die Bank im Garten blieb weiterhin leer und Hans-Otto der Zweite im Haus.

»Da bleiben dir auch der Regen, die vielen Vögel und Helmut erspart, mein Freund«, sagte Klaus zu ihm und tätschelte behutsam die uniformierte Schulter.

»Hast du etwas gesagt?«, fragte Marion Küppers in der Küche sitzend, und es kam ein »Nein, alles gut« zurück.

Die ersten Tage war es recht ungewohnt, für beide, wenn sie, von der Treppe nach unten kommend, die Figur erblickten oder sie Hans-Otto der Zweite stumm rauchend nach dem Einkaufsbummel begrüßte.

Da pochte das Herz, da blickte man erschrocken auf und Marion ließ sogar einmal vor Schreck eine Kaffeetasse fallen, die dann klirrend auf dem Fliesenboden zerplatzte.

Zum Glück war es eh eine dieser Tassen gewesen, die sie im Grunde nie leiden konnte.

»Ein Geschenk von der Schwiegermutter«, sagte sie dann schmunzelnd zum Kapitän.

»Da muss ich dir ja gleich dankbar sein, du alter Seebär.«

Erneut wurde Hans-Otto der Zweite liebevoll berührt, der weiterhin stumm blieb.

Immer wieder kam es zu Situationen, wo die Küppers mit der Figur sprachen, den sitzenden Uniformträger in das Tagesgeschehen einbezogen, den Staub von der blauen Jacke wischten und mehr.

Hans-Otto der Zweite war nun etabliert und ein Familienmitglied geworden. Ein Außenstehender hätte sicherlich dicke Fragezeichen auf der Stirn gehabt angesichts dieser Verhaltensweise und auch der Sohn machte sich so seine Gedanken um den geistigen Zustand seiner Erzeuger und diesem blauen Kerl im Wohnzimmer.

Doch für Klaus und Marion war klar: *Wat mutt, dat mutt.*

Schon bald sprach sich im ganzen Ort herum, wer da bei Küppers am Tisch saß. Viele Nachbarn klingelten neugierig an der Haustür, um sich Zucker, Mehl oder ein Ei zu borgen, und baten dann so ganz nebenbei, ob sie Hans-Otto den Zweiten schnell einmal sehen könnten.

Selbst Teenager wollten unbedingt ein Selfie mit dem Seemann haben und posteten dann ihre Handyfotos im Internet. Der Postmann klingelte bei Küppers und überreichte persönlich Briefe, Postkarten und Werbesendungen und kam mal auf einen kurzen Sprung hinein ins Wohnzimmer. Schließlich stand dann auch die regionale Tageszeitung vor der Haustür und bat Familie Küppers um ein Interview und einen Foto-Termin mit dem Ehepaar und dem Nordfriesen.

Küppers und Hans-Otto der Zweite wurden berühmt!

Nur einen im Ort wurmte der ganze Rummel um diesen Kerl immens – Helmut Brenner.

Der kochte vor Wut und platzte vor Neid. Er schimpfte über das tägliche Rein und Raus nebenan, beschwerte sich, wenn sein Parkplatz von fremden Leuten aus benachbarten Orten zugestellt wurde, und fand, dass es im Leben Wichtigeres gab als so ein Thema.

Selbst seine Frau und sein Sohn, diese elenden Verräter, hatten den Küppers einen Besuch abgestattet und zeigten Helmut voller Stolz ein Foto vom Seebären.

Das war zu viel für ihn. Dieser blöde, bärtige Störenfried musste weg, und zwar schnellstens!

Schon bald ergab sich eine gute Gelegenheit: Ehepaar Küppers war übers Wochenende zum Sohn in Würzburg eingeladen. Der Streber hatte das erste Staatsexamen mit Bravour bestanden und wollte dies jetzt gebührend mit seiner Freundin und den Eltern feiern. Wie immer sollten Brenners als direkte Nachbarn ein wenig aufs Haus aufpassen und den Briefkasten leeren – und bekamen dazu auch die benötigten Schlüssel.

Der Tag der Rache war da. Endlich!
Am späten Samstagabend verabschiedete sich Helmut mit einem Kuss von seiner Gattin und ging »offiziell« rüber in sein Stammlokal,

wo jedes zweite Wochenende Skat mit den Kumpels gespielt wurde. Das waren die drei schönsten Stunden für Hilde Brenner, weil sie es sich dann vor dem Fernseher gemütlich machen konnte, mit Knabbereien und einem Prosecco.

Ohne das Meckern und Fluchen ihres Gatten.

Heute stand ein spannender Krimi auf dem Programm und darauf hatte sie sich schon seit Tagen gefreut.

Der Fernseher lief, sie selbst lag entspannt in ihrer Decke eingehüllt auf der Couch und alles war so herrlich gemütlich. Hätte sie gewusst, was zur selben Zeit nebenan passierte, wäre von Entspannung keine Spur gewesen.

Denn nebenan bei Familie Küppers wurde die Haustür leise geöffnet und ein vermummter Kerl, mit Handsäge und Zange bewaffnet, verschaffte sich Eintritt, schloss die Tür behutsam hinter sich und ging zielstrebig geradeaus Richtung Wohnzimmer.

Dort, wo der verhasste Seemann saß.

Einen Tag später

»Keine Ahnung, was hier bei Ihnen vorgefallen ist«, sagte der Polizeibeamte zum Ehepaar Küppers am Sonntagnachmittag.

Diese hatten die Notrufnummer gewählt, nachdem Klaus im Wohnzimmer eine Säge, eine Zange und etwas Blut neben Hans-Otto dem Zweiten entdeckt hatte.

»Also ich finde keinerlei Einbruchsspuren«, fuhr der Beamte fort, »und wie Sie mir versicherten, wurde auch nichts im Haus entwendet – weder Schmuck noch Bargeld oder Elektronik. Insofern wird es auf eine Anzeige gegen Unbekannt hinauslaufen. Dazu müsste ich Sie bitten, morgen früh unsere Polizeiwache aufzusuchen. Ich wünsche Ihnen dennoch einen guten Sonntag.«

Vor der Haustüre der Küppers wurde der freundliche Polizist schon von der besorgten Hilde Brenner erwartet, die ihn unbedingt sprechen wollte:

»Guten Tag, Herr Wachtmeister. Mein Mann wurde gestern Abend auf dem Weg zurück von seinem Skatabend von einem Unbekannten überfallen. Er kann den Täter leider nicht beschreiben, weil alles wohl so schnell ging und es eben stockdunkel war. Aber der fiese Kerl hat meinen armen Helmut ganz schön zugerichtet, mit blauen Flecken im Gesicht und auf dem Po. Allerdings sieht mein Mann merkwürdigerweise von einer Anzeige gegen den Bösewicht ab.

Vielleicht kommen Sie einmal bitte kurz ins Haus und überreden ihn, Herr Wachtmeister?«

Der freundliche Polizeibeamte folgte Frau Brenner ins Haus. In der Tat sah Helmut arg ramponiert aus. Er blieb aber stur dabei, dass er keinerlei Anzeige gegen den Übeltäter erstatten wollte.

Seine blauen Flecke würden in wenigen Tagen verheilen, meinte er.

Wie hätte er dem Polizisten und seiner Frau glaubhaft erklären können, dass sich eine Dekofigur aus Polyresin durchaus auch wehren kann, wenn man sie in zwei Teile sägen will. Da hätte man Helmut sofort in die Geschlossene gebracht mit Zwangsjacke, Knebel und Gummimatten! Das volle Programm.

Und somit hielt er geflissentlich seine ansonsten vorlaute Klappe.

Währenddessen saßen Marion und Klaus Küppers im Wohnzimmer bei einer Tasse Tee. Und Klaus schien es so, als sei mit dem Gesicht seines Hans-Otto dem Zweiten irgendetwas passiert.

Zwar rauchte der stumme bärtige Kerl wie eh und je genüsslich seine Pfeife – doch seine Mundwinkel waren überraschend nach oben gezogen.

Tatsächlich schmunzelte der alte Seebär zum allerersten Mal in seinem Leben und dachte sich:

»Wat mutt, dat mutt!«

Nur nichts der Mama sagen

Wir waren eine kinderreiche Familie und da waren die Urlaubskassen immer knapp bemessen. Während andere Kinder in den Sommerferien ab in den Süden fuhren oder sogar flogen, machten wir mit Mama und Papa viele Tagesausflüge rund um Köln. Auch das war spannend und abwechslungsreich. Gerne erzähle ich euch hierzu eine persönliche Geschichte ...

***

Nicht weit weg von Köln, in östlicher Lage, ist ein ca. 2.600 Hektar großes Waldgebiet vorzufinden – der Königsforst. Er wird auch als die grüne Lunge Kölns bezeichnet und steht unter Naturschutz.

Am Wochenende wandern Heerscharen durch den Forst, genießen die gute Luft und die zauberhaften Farben der Natur. Und wer vom vielen Wandern Hunger bekommen hat, der kehrt ein in eines der Restaurants oder Cafés, die an der nahegelegenen Endhaltestelle der Straßenbahnlinie 9 mit Schnitzeln, Braten oder gutem Kuchen locken. Meine Waage und ich wissen, wovon ich schreibe.

Das war Mitte der 70er noch anders!

An einem Samstagmorgen in den Sommerferien 1975 war alles für einen Ausflug in den Königsforst vorbereitet, der sich gut und gerne 30 km von unserer kleinen Mietwohnung entfernt befand.

Mama hatte für Papa und für uns vier (!) Kinder eine Kiste mit allem gepackt, was man benötigte:

Getränke, Butterbrote, frisches Obst und natürlich auch etwas zum Naschen. Wir wollten den ganzen Tag dort im Forst verbringen. Nichts auf der Welt nervt mehr als eine Meute hungriger Kinder.

»Habt ihr alle eure Badesachen und Handtücher eingepackt?«, fragte Papa und alle vier Kinder nickten brav und stumm in ihren Zimmern.

»Ich deute dann mal euer Schweigen als ein Ja. Ansonsten müsst ihr dann eben mit der Unterhose im Teich baden oder ganz darauf verzichten.«

Dieser geniale Schachzug saß, denn der Kleinste und meine Schwester liefen prompt zu Mama ins Schlafzimmer und ließen sich Badehose und Bikini geben, während Papa im Wohnzimmer zufrieden schmunzelte.

Er kannte uns Pappenheimer nur allzu gut.

Bis zum Königsforst war es eine gute Stunde Fahrt. Nicht etwa mit dem Wagen, sondern mit den öffentlichen Verkehrsmitteln. Papa hatte keinen Führerschein und wir Kinder kannten das Innenleben eines Autos nur vom gut betuchten Onkel, der uns ab und an mal zu einer Tour durch und um Köln mitnahm.

Straßenbahnfahrt bedeutete Warten, Einsteigen, Karten entwerten, Platz für fünf Personen suchen, Aussteigen und wieder Umsteigen und alles noch einmal – und dies möglichst ohne Verlust eines der vier Kinder.

Papa war schon fix und alle, ehe die Tour durch den Königsforst begann.

Nach gut einer Stunde war das Ziel erreicht:

Endhaltestelle Linie 9; Königsforst

Vollgepackt mit Rucksäcken, einer Kühlbox und Picknickdecke hatten wir nun einen zwanzigminütigen Spaziergang durch das Waldgebiet vor uns, der uns letztlich an den entlegenen Teich führen sollte.

Ich kenne den Weg noch heute: Geradeaus bis zur ersten Pferdekoppel wandern, dann die linke Biegung wählen, bis man eine Grillhütte erreicht. Dort muss man scharf links abbiegen, bis auf der rechten Seite ein Holzstoß zu finden ist, der auch als Bank genutzt werden kann. Wenn man den verdeckten Pfad dahinter nutzt, landet man auf einer kleinen lichtdurchfluteten Grünfläche mit einem wunderbaren Teich.

Unsere kleine Wohlfühl-Oase!

Das Wetter war uns an diesem Samstag wohl gesonnen. Es war angenehm warm. Kaum hatten wir unsere geliebte Lichtung erreicht, standen wir Kinder auch schon in Schwimmklamotten vor Papa, der freundlich nickte und uns vier in den Teich springen ließ. Unsere Kleidung hatten wir sorgsam auf die Holzbank gelegt, während Papa die ersten Sachen aus der Box auspackte und auf dem großen hölzernen Tisch verteilte.

Dann endlich hatte auch er ein wenig Ruhe verdient, legte sich auf die ausgebreitete Decke und sonnte sich.

Gefahr für Leib und Leben bestand nicht. Der Teich war zwar groß, aber nicht tief. Selbst der Kleinste ragte noch mit dem Kopf aus dem kühlen Nass und hatte einen Mordsspaß an diesem Samstag. Es war eine herrliche Zeit unter Geschwistern und niemand hatte damals gewusst, dass auch dieser Teich unter Naturschutz stand und ein Baden sicherlich nicht zulässig gewesen war.

Irgendwann waren die Brote und die Süßigkeiten aufgebraucht und durch das Toben im Wasser und auf der Wiese ein Hungergefühl bei uns Kindern da.

Papas großer Moment war gekommen!

Er holte aus einer Tragetasche den mobilen Campingkocher, kippte eine Flasche Wasser in den Topf und zog die Tüten mit der MaggiFix-Suppe aus seiner Jacke.

Wir Kinder liebten Tomaten-, Ochsenschwanz- oder Kartoffelsuppe dieser Marke und mit dem Kocher war die Mahlzeit schnell zubereitet.

Jedoch nicht an diesem Samstag im Juli 1975!

Wir Kinder tobten im Wasser, Papa kämpfte mit der Kartusche, die sich mit den Streichhölzern nicht entzünden ließ. So kam er auf die grandiose Idee, die kleine Flasche mit dem Brennspiritus über das kleine Holzbrikett zu halten, damit aus einem kleinen Funken eine Flamme wurde.

Mein großer Bruder sah das Unglück kommen und rief noch ein lautes: »Nein, Papa, nein!«, in seine Richtung.

Doch zu spät.

Mit einem lauten Knall explodierte die kleine Flasche und die brennende Flüssigkeit ergoss sich über den Holztisch, das angrenzende Gras und die Bank, auf der unsere Klamotten lagen!

Geistesgegenwärtig packte Papa die ganzen brennenden Sachen und warf sie in den Teich. Danach wurde der brennende Tisch mit Wasser und das kokelnde Gras mit der Decke gelöscht.

Na ja, die MaggiFix-Suppe fiel an diesem Mittag aus. Was zu verkraften war angesichts der Katastrophe.

Viel schlimmer war es um unsere Kleidung bestellt. Lediglich Hosen und T-Shirts vom Großen und der Schwester waren unversehrt, da sie ganz unten im Stapel gelegen hatten. Aber für uns restliche zwei Brüder hatten die Flammen ganze Arbeit geleistet.

Es gab zahlreiche Brandlöcher in Shirts und Jeans.

So hätten wir den Rückweg niemals antreten können!

Papa hatte eine Lösung für dieses Dilemma. Zusammen mit dem Großen ging er ein Stück des Weges zurück bis zum kleinen Forsthaus und klopfte dort mit pochendem Herzen an die Tür. Ich weiß nicht genau, was er dem Förster gesagt oder gebeichtet hatte, aber tatsächlich wurden Hosen und T-Shirts leihweise zur Verfügung gestellt und dies ohne Bußgeld und ohne försterliche Begleitung zurück zum Ort des Verbrechens.

Nicht auszudenken, was alles hätte passieren können.

Aber der Königsforst existiert immer noch und spendet mit seiner grünen Lunge Sauerstoff. Ich gebe euch mein Wort darauf.

Auf der Fahrt nach Hause war die Stimmung im Eimer. Wir Kinder hatten Hunger, die neuen Klamotten waren auch nicht der letzte Schrei und Papa dachte an die Standpauke daheim, wenn seine Frau etwas von dem Drama mitbekommen sollte. Daher wurde er nicht müde, uns während der Bahnfahrt zu ermahnen, »nur nichts der Mama zu sagen«.

Natürlich versprachen wir Kinder dies, weil uns Papa ja auch irgendwie leidtat. Da hatte der gestresste Ehemann und Vater endlich mal ein freies Wochenende und dann ereignete sich so ein Schlamassel.

»Nur nichts der Mama verraten, Kinder«, sagte er noch kurz und beinahe flehend zu uns vor dem Aussteigen aus der Straßenbahn.

Daheim angekommen, öffnete Mama überrascht und auch ein wenig ernüchtert die Haustür. Sie hatte erst am späten Nachmittag mit der Familie gerechnet und sich auf ein paar Stunden Auszeit mit heißem Tee und reichlich Lesestoff gefreut.

Daraus wurde wohl nun leider nichts mehr.

Wie die berühmten Orgelpfeifen traten ihre Kinder in die Wohnung ein und als der Kleinste seiner Mama einen Kuss auf die Wange gab, flüsterte er ihr ins Ohr:

»Mama, ich sage nichts. Weil ich das dem Papa versprochen habe. Aber diese neue Hose und das Shirt vom Förster mag ich absolut nicht. Das kratzt alles furchtbar auf meiner Haut.«

Kinder sind manchmal einfach nur so herrlich ehrlich.

Natürlich gab es eine kleine Standpauke der Gattin.

Aber das tat der Liebe zueinander keinen Abbruch.

Blitze

Wir alle wissen, wie wir als Kinder diese Angst vor Gewittern und vor Blitzen hatten. Papa hatte immer gesagt, dass wir nach jedem Blitz langsam zählen sollten. Je länger wir zählen konnten, bis der Donner laut und dröhnend kam, desto weiter war das Unglück entfernt.

Manchmal jedoch, wenn wir mutig genug waren, hatten wir uns auf den Balkon unserer Mietwohnung gestellt und das Gewitter und vor allem die Blitze beobachtet.

Na ja, mit verkniffenen Augen …

***

Er hatte die ganze Nacht nicht wirklich schlafen können. Das Gewitter hatte ihn seit Stunden wachgehalten mit Blitz und Donner und dies in

167

einem ungesunden Rhythmus. Immer wenn er dachte, jetzt sei endlich alles vorbei, kam wieder so ein deftiger Knall über seiner Wohnung im Dachgeschoss und er saß aufrecht im Bett.

Verflixtes Unwetter!

So etwas hatte er schon als Kind gehasst und sich dann das Laken und das Kissen schützend über den Kopf gezogen. Natürlich vergeblich. Die letzte Zuflucht war dann das Bett von Mama und Papa gewesen.

Schön behütet in deren Mitte.

Die Zeiger des erbarmungslosen Weckers zeigten 06:22 Uhr an und so beschloss er, dass es an der Zeit war, aufzustehen. Er hatte noch einiges vor am heutigen Tag und einen ganz wichtigen Termin in der Stadt. Dazu musste und sollte er fit sein und vor allem gut aussehen.

Im Bad angekommen, gönnte er sich einen klitzekleinen Blick in den Spiegel und wusste sofort, dass es ein ganz böser Fehler war. Den müden Kerl dort kannte er nicht und sagte zu ihm schmunzelnd:

»Hey, du fieser Einbrecher – verschwinde aus meinem Bad. Ich brauche keine Zuschauer, wenn ich mich dusche.«

Dann zog er den Pyjama aus und stieg in die Dusche. Natürlich brauchte das Wasser einige Zeit, bis es wohltemperiert auf seinen Körper klatschte, sodass die ersten dreißig Sekunden eiskaltes Nass schon reichten, um seine Müdigkeit zu killen.

Der Duft von heißem Kaffee lag in der Luft, als er mit dem Handtuch um die Hüften in die Küche ging. So eine coole Maschine mit Zeitschaltuhr hatte ihm seine Mutter zum letzten Geburtstag geschenkt und er hatte sich artig bedankt mit den Worten: »Prima Mama – wieder so ein nettes Teil für eine eBay-Auktion«, und sie hatte ihn wissend angelächelt.

Jetzt gerade war er absolut happy, dass er diese göttliche Kaffeemaschine nicht versteigert hatte. Mama wusste eben immer, was ihr Sohn brauchte. Und so nahm er einen Schluck aus der heißen Tasse, ohne Milch und ohne Zucker, und das Unwetter der letzten Nacht war Geschichte.

Dann folgten die Rasur, das perfekte Styling der Haare und seine Wahl der coolen Klamotten für das Date des Tages – und raus ging es.

Elende sechs Etagen und unzählige Treppen später stand er an der Eingangstür des Mietshauses. Ihm war längst klar, dass er schnell eine neue Wohnung brauchte, die auf jeden Fall im Erdgeschoss sein sollte.

Bis zur Straßenbahnhaltestelle war es ein Katzensprung und tatsächlich kam die Linie 3, die bis in die Kölner City fuhr, auch pünktlich. Er fand einen Platz nah beim Fahrer und setzte seine Kopfhörer auf, um sich von klassischer Musik berieseln zu lassen. Vivaldi ging immer und diese Musik kombiniert mit den eilenden Menschen auf den Bürgersteigen und dem blinkenden, hupenden Straßenverkehr war für ihn wie Kino.

Alles wirkte mit diesen Klängen untermalt um so vieles leichter und beschwingter.

Wie schade, dass nicht alle so empfinden, wie ich es gerade tue, dachte er.

Dann hatte die Bahn das Ziel erreicht: Kölner City – Neumarkt.

Auf dem Weg zu seinem Rendezvous schaute er sich einige Male kritisch auf seiner Cam im Handy an. Immerhin hatte er aufgrund des Gewitters wenig geschlafen. Doch er fand sich ganz passabel aussehend und dachte, dass sie dies auch finden würde. Die Adresse von ihr, die hatte er von seinem besten Kumpel Mike bekommen mit den Worten:

»Hey Chris, die ist nicht ganz billig und wird dich einige Scheinchen kosten – aber die weiß, wie es geht. Schau mich an, wie ich strahle. Das war einfach nur der Hammer bei ihr.«

Damit war die Wahl auf sie gefallen und der Termin über ihre Website schnell gemacht und bestätigt worden. Dienstagmorgen, 10:00 Uhr.

Jetzt, im Nachhinein betrachtet, fand er den Termin doch reichlich früh gewählt. Solche Dinge waren eher was für den Nachmittag oder Abend, wo der Kopf freier war und nicht mehr voll mit all den Dingen, die es noch zu erledigen galt. Er ging die lange Schildergasse entlang und spürte, wie ihm heiß und kalt zugleich wurde. Wenn er jetzt auch noch anfing zu schwitzen, könnte er gleich alles vergessen, absagen oder vertagen.

Schwitzen käme einem Todesurteil gleich – und so untersagte er seinem Körper, mit einem Schmunzeln auf den Lippen, dies zu tun.

Dann stand er vor der besagten Adresse, vor ihrer Tür. Er war immer noch tierisch nervös, seine Hände verschwitzt, als er den Klingelknopf betätigte und er Schritte hörte, die nur von Damenschuhen mit hohen Absätzen stammen konnten.

Seine damalige Freundin hatte auch immer so schicke Schuhe mit Pfennigabsatz getragen und jedes Mal fand er es magisch, wenn sie damit über den Parkettboden im Wohnzimmer seiner Mutter stolzierte. Mama hingegen verdrehte immer die Augen aus Angst um das schöne Holz, sodass Chris seiner Flamme stets charmant aus den Schuhen half.

»Das macht die doch extra, um mich zu ärgern und um dich um den Finger zu wickeln, Junge«, flüsterte Mama ihm in der Küche zu.

Na ja, Mütter und angehende Schwiegertöchter sind ein Kapitel für sich. Seine Flamme war bald Geschichte, seine Mama hingegen blieb sein größter Kritiker.

Die Tür ging auf und tatsächlich begrüßte ihn eine engelsgleiche blonde Frau mit einem zauberhaften Lächeln und besagten Schuhen.

»Hey, du musst Chris sein. Komm doch rein, mach's dir gemütlich und nimm dir was zu trinken. Ich bin sofort bei dir«, sagte sie und verschwand.

Chris setzte sich auf einen der Stühle, nahm einen Schluck Wasser zu sich und checkte noch einmal per Cam, ob alles okay war. Dann schaute er sich im Raum um.

Alles sah gemütlich aus – stylische Möbel, moderne Farben an den Wänden und die Fenster mit blauen Jalousien verdunkelt, sodass niemand von außen sehen konnte, was in diesem Raum vor sich ging.

Diskretion war wichtig in so einem Business.

Die freundliche Dame kam barfuß zurück in den Raum und sah den irritierten Blick von Chris.

»Oh sorry, ich habe es mir ein wenig bequem gemacht. Barfuß bin ich einfach besser. Ich bin Helen«, sagte sie und ergänzte: »Ich erledige das Finanzielle gerne vorher, wenn das auch okay für dich ist.«

Chris nickte nervös und zahlte den per Internet vereinbarten Betrag. Dann ging es ans Eingemachte.

In den nächsten gut fünfundsiebzig Minuten wurden jede Menge Positionen ausprobiert und Chris wurde einiges abverlangt. So extrem hatte er es sich dann doch nicht vorgestellt – aber kneifen wollte er auch nicht.

Immer wieder dachte er an die Worte seines Kumpels Mike:

»Glaub mir Mann, sie ist die Beste!«

Und so gab er alles und ließ sich von der begabten blonden Dame leiten. Helen durfte hier und jetzt über ihn bestimmen und Chris gehorchte brav. Immerhin war sie der Profi und er nur ihr Kunde.

Zwischendurch hörte er die wunderschöne Helen sagen: »Gut so« und auch »genau so will ich es haben, Chris«, und immer wieder war es ihm wie in der letzten Gewitternacht.

Blitze, Blitze und immer wieder sah er Blitze vor seinen Augen. Nur alles ohne einen nachfolgenden Donner.

Nach über einer Stunde war Helen endlich fertig mit ihm, bedankte sich sogar sehr freundlich für sein Durchhaltevermögen und ging erneut in das Zimmer nebenan.

Chris war erledigt und doch zugleich auch happy, dass er auf seinen besten Freund gehört hatte.

Helen hatte ganz genau gewusst, wo seine Schokoladenseite war.

Tatsächlich kam sie kurze Zeit später mit all den genialen Fotos von ihm zurück, die er so dringend für die Aufnahme an der Theater Academy in Berlin benötigte. Auf allen Bildern sah er mega aus und auch die Posen hatte Helen gut mit der Kamera eingefangen.

Stimmung, Ausdruck und Farbgebung waren optimal.

Wenige Tage später kam die Zusage und er schickte einen wunderschönen Blumenstrauß mit Dankeskarte an das Fotostudio Helen Peters.

Der besten Fotografin in der Kölner City.

Traumquote ade

Eine gute Kollegin, die mittlerweile im Ruhestand ist, hatte mir einmal eine besondere Figur geschenkt. Einen Engel in einem Nachthemd mit schiefen Flügeln und einem arg verknautschten Gesicht aus Holz.

»Wenn das mein Schutzengel sein soll, liebe Marille, dann wundert mich nichts mehr«, meinte ich frech zu ihr. Damals lachten wir beide herzlich.

Doch die Figur sitzt immer noch treu und brav auf einem Regal in meinem Arbeitszimmer und schaut mich oft fragend an …

***

Theodor hatte es so satt, immer wieder die Feuerwehr in allen Lebenslagen zu spielen. Tagtäglich musste er wildfremde Menschen aus gefährlichen Situationen retten, in brennende Wagen steigen, ins eiskalte Wasser springen oder sich an der Fassade eines Hochhauses hinaufhangeln. Immer wieder holte er sich Brandblasen an der Hand, einen heftigen Schnupfen oder einen deftigen Tinnitus.

Ein Dankeschön, das bekam Theodor nie. Keine Pralinen mit einer kleinen Karte, keinen liebevollen Kuss und auch keinen bunten, freundlichen Blumenstrauß eines Geretteten.

Alles war so selbstverständlich, was er jeden Tag tat. Alles war nicht der Rede wert.

Menschen nahmen keinerlei Notiz von ihm, weil Schutzengel leider Gottes (sorry da oben!) unsichtbar sind.

Ja, unser Theodor war ein Schutzengel.

Die ersten zwei Jahre in seinem Knochenjob machten ihm auch tatsächlich noch Freude. Er konnte so herrlich fliegen, tauchen, schwimmen, klettern, rennen und ganz weit springen. Er fand sich so megacool mit seinen kurzen weißen Flügeln und diesem bequemen Hemdchen aus Leinen, was ihm bis knapp unter die Knie reichte und alles brav verdeckte.

Diese himmlische Leichtigkeit war so erfrischend anders als die irdische Schwere.

Ständig barfuß zu sein, das war das Größte. Denn mit Schuhen hatte er zu Lebzeiten stets zu kämpfen gehabt.

Entweder waren sie zu eng gewesen und drückten ganz furchtbar im Büroalltag.

Oder sie waren nicht schick genug, sodass alle anderen Kollegen und Freunde lachten und über sein unpassendes Schuhwerk lästerten.

Vor allem die Ines Huber aus dem Büro nebenan hatte ihn immer ausgelacht und ihn einen »armen Schlucker« genannt, der sich nichts Gutes leisten konnte.

»Wir können gerne einmal für dich sammeln, damit du dir neue, schicke Schuhe leisten kannst, lieber Theo«, hatte sie ihn vor dem ganzen Team verspottet. Und mit diesem Spott und Hohn hatte Theodor wochenlang zu kämpfen gehabt. Nicht alle hatten es im Leben so gut angetroffen wie Frau Ines Huber, die einen wohlhabenden älteren Herrn geehelicht hatte und nun mehr aus Spaß zur Arbeit ging.

»Ich müsste eigentlich gar nicht kommen. Aber wie sollte der ganze Laden hier ohne mich und mein Engagement laufen? Ohne mich und nur mit Kollege Theodor würde das Ganze aus dem Ruder laufen. Ein rascher Konkurs wäre garantiert«, lästerte sie böse und giftig.

Daher war diese Leichtigkeit hier oben so willkommen.

Ein Schutzengel sein zu dürfen, nur im kurzen Nachthemd und mit blanken Füßen, das war für Theo eine Erlösung. Er vermisste seinen alten Job nicht für eine Sekunde und fand sein Team hervorragend, achtsam und wertschätzend. Hier in der Wolkenstadt gab es weder Neid noch Mobbing oder Falschheit.

Und es gab auch keine Ines Huber!

Die vielen Einsatzpläne vom großen Boss wurden jeden Morgen an das Team verteilt. Auf Theodors Liste waren meist um die fünfzehn bis zwanzig Personen zu finden, die es an diesem Tag zu retten galt. Und hinter jedem Namen waren Uhrzeit, Ort und die Art der Lebensgefahr fein säuberlich aufgeschrieben, sodass eine Rettungsaktion immer fehlerfrei und mit geringem Aufwand erfolgen konnte.

Gerne zeige ich euch einmal einen kleinen Auszug aus der Liste vom 25.01.2023:

- *Peter Gips, 07:42, Brühler Landstr., Geisterfahrer*
- *Maike Esser, 08:13, Hohe Str. 2 (4. OG), Fensterputz*
- *Ralf Wirtz, 09:36, Ulmer Weg 13, Einbrecher mit Waffe*
- *Günter Berg, 10:18, Kirche St. Michael, Herzinfarkt*
- *Andrea Holm, 10:44, Kölner Str. 65, Pilzsuppe*
- *Udo Holm, 10:45, Kölner Str. 65, Pilzsuppe*

Ja, es gab jeden Tag mächtig zu tun für Theodor. Doch er gab mit Leidenschaft Vollgas, rettete pünktlich auf die Minute die fünfzehn bis zwanzig Leben je Einsatz und blieb weiterhin der unsichtbare Held für all die Menschen.

»Wenn ich nach zwei Jahren kurz einmal Bilanz ziehen darf, dann habe ich doch tatsächlich 11.562 Leben gerettet und bin nicht ein Mal zu spät gekommen. Was für eine Leistung«, sagte Engel Theo zu sich selbst und war mächtig stolz.

Er klopfte sich liebevoll und zufrieden auf die Schulter, weil es sonst niemand tat. Auf der Gesamtliste alle Schutzengel, dem himmlischen Ranking, stand er seit geraumen Wochen auf Platz 1.

Wie in jedem Beruf kam dann aber auch die Zeit, wo die tägliche Routine einkehrte und neue Reize ausblieben. Rettungsaktionen ähnelten sich, der Dank der Menschen fehlte auch weiterhin und der erste Frust machte sich bei Theodor breit.

Er wurde nachlässig, unpünktlich und musste sich tatsächlich viermal beim Chef verantworten, weil er viermal zu spät zum Einsatz kam und damit vier arme Seelen auf sein Konto gingen.

»Woran liegt es?«, wollte der Vorgesetzte besorgt wissen.

»Du warst doch immer einer meiner zuverlässigsten Vorzeige-Schutzengel hier oben mit einer Top-Quote. Und nun gleich vier Verluste in nur einer Woche! Was bedrückt dich denn, mein lieber Freund?«

Theo erzählte ihm von seinem zunehmenden Frust und dass er einfach einmal eine Anerkennung haben wollte für seinen täglichen Job. Ein klitzekleiner Dank der Menschen wäre doch nicht zu viel verlangt für so einen Knochenjob.

Das notierte sich der Herr der Engel sorgsam in seinem großen Buch und versprach, dass er sich etwas einfallen lassen würde.

Schon wenige Tage später war es dann so weit.

Theodor hatte an diesem Morgen eine Liste mit achtzehn zu rettenden Personen empfangen und hatte schon bei stolzen zwölf Namen einen grünen Haken gesetzt.

So hatte er unter anderem einen hohen Baum bestiegen, ein brennendes Haus betreten und mit Nummer 12 einen Radfahrer vor einem heranfahrenden Lkw beschützt.

Nun musste er zu einer gewissen Ines Müller in den Habichtweg 32. Diese sollte um exakt 13:38 Uhr unglücklich von einer Leiter fallen und sich das Genick brechen, was der fleißige Engel natürlich verhindern wollte.

Was Theo nicht wusste, war, dass sein stets gütiger und gerechter Vorgesetzter ihm einen Gefallen tat und ihn für diese eine Rettungsaktion sichtbar machte. Damit die Gerettete ihren Schutzengel Auge in Auge sehen und ihm für die Hilfe danken konnte.

Was der liebenswerte Chef wiederum nicht wissen konnte:

Theos ehemalige Kollegin Ines Huber, frisch geschieden und nun wieder mit ihrem Mädchennamen Müller behaftet, war die auserwählte Person. Und so nahm das Drama seinen Lauf.

Habichtweg 32, 13:30 Uhr
Ines Müller war so etwas von genervt. Eigentlich war für den heutigen Morgen ein Angestellter der Firma Elektro Bachmann bestellt gewesen. Der schwere Kronleuchter, den sie bei einem Top-Designer für einen stolzen Betrag erworben hatte, sollte an die Wohnzimmerdecke montiert werden.

»Wer sich auf einen Handwerker verlässt, der ist schon verlassen«, meinte ihr Ex-Mann vor Jahren zu ihr. Und da musste sie dem Kerl ausnahmsweise einmal beipflichten. Sie holte die schwere Leiter aus dem Keller, bewaffnete sich mit Bohrmaschine, Dübeln, Schrauben und mehr und stieg dann entschlossen die sieben Stufen nach oben.

»Verflixte Männer! Alles im Leben muss man selbst machen«, fluchte sie und setzte die Bohrmaschine an, um endlich Fakten zu schaffen.

Doch ein plötzlicher leichter Windstoß in ihrem Rücken brachte sie aus dem Konzept, sodass sie sich irritiert und übel gelaunt umdrehte und staunte:

Auf Augenhöhe sah Ines überraschend und zutiefst schockiert ihren ehemaligen Kollegen Theodor Brandt! Sie blickte ungläubig auf sein Gesicht, sein dünnes Hemdchen, die kleinen Flügel und weiter hinunter.

Und das war zu viel für die gute Dame!

»NEIN, ich glaub es nicht – der olle Theo im Nachthemd und mit nackten Füßen«, rief Ines Müller lauthals und fiel zwei Meter tief von der Leiter.

Ungebremst und mit einem satten Knalleffekt landete sie unglücklich mit dem Kopf auf dem Boden, gefolgt von der schweren Bohrmaschine, die ihr den Rest gab.

Um exakt 13:38 Uhr sank Theodors Quote auf der himmlischen Rankingliste mit insgesamt fünf Minuspunkten noch tiefer in den Keller.

Doch er lachte laut auf und freute sich ganz besonders auf den nächsten Morgen.

Denn da startete die gute Ines ihren ersten Arbeitstag mit kleinen Flügeln, einem bescheidenen weißen Nachthemd und so ganz ohne ihre Designerschuhe. Tatsächlich stand die neue und doch auch irgendwie alte Kollegin zum allersten Mal barfuß vor ihm.

Was für eine Freude!

»Danke, Chef«, sagte der sehr zufriedene Schutzengel Theo, als er am Büro seines Vorgesetzten vorbeikam.

Und der Chef lächelte freundlich, aber auch leicht irritiert zurück. Denn laut seiner Buchführung konnte er nur siebzehn grüne Haken auf Theos gestriger Liste ausmachen.

Siebzehn grüne Haken und ein rotes Kreuz.

»Na ja, hoffen wir mal, dass unser Neuzugang ein wenig zuverlässiger arbeitet«, flüsterte der Chef und studierte die Listen des Tages.

Vertauscht

In meiner alten Klasse einer Kölner Realschule gab es ein Zwillingspaar. Die beiden Jungs (Michael und Martin) sahen sich zum Verwechseln ähnlich und trugen frecherweise auch noch die gleichen Klamotten. Alle Lehrer hatten ihre liebe Mühe, die beiden Schüler zu unterscheiden. Manchmal machten sich Michael und Martin auch einen Spaß daraus, die Rollen zu tauschen, und lachten herzhaft, wenn der Streich gelang.

Nicht immer gehen Verwechslungen aufgrund von Ähnlichkeiten so spaßig aus wie bei diesen Jungs.

Davon kann Miss Pamela X in der nachfolgenden Geschichte ein Lied singen …

***

Ganz in Schwarz gekleidet und mit dunkler Sonnenbrille im Gesicht saß Pamela X im Abteil des ICE 701, der sie in knapp zwei Stunden von Hamburg nach Berlin bringen sollte. Sie hatte ein Abteil ganz für sich allein ergattert und war froh über diesen Glücksfall. So konnte sie noch einmal in aller Ruhe die wesentlichen Unterlagen zu ihrem aktuellen Auftrag durchgehen, die wenigen Fotos der Zielperson sichten und ihre weitere Herangehensweise in Gedanken durchspielen.

Ihr Klient hatte einen Profi gewünscht und Miss Pamela X war durch und durch Profi. Fehlerkultur war ihr fremd und den Begriff »Versagen« kannte sie lediglich vom Motor ihres Jaguar F-Type, der gerade heute streiken musste.

»Verdammte Karre«, hatte sie vor Stunden geflucht, als der Wagen nicht anspringen wollte.

»Da löhne ich fette 70.000 Euronen an den Händler und schon nach drei Monaten macht der Wagen schlapp. Na warte, der kann sich warm anziehen.«

Tatsächlich wurde der freundliche Automobilverkäufer Lars F. einige Tage später von seiner Ehefrau als vermisst gemeldet und gilt bis heute als unauffindbar. Miss Pamela X verstand ihr Handwerk und hinterließ nie eine Spur.

Die Idee zu ihrem Pseudonym hatte sie, als sie einen der alten John Sinclair-Romane aus den 80ern las. Da gab es eine böse und starke Widersacherin, die ebenfalls gerne schwarze sportliche Kleidung trug und Pamela Scott alias Lady X hieß. Diese machte dem Romanhelden verdammt viel Ärger und hatte sich sogar eine eigene Gang aufgebaut.

Letztlich siegte das Gute aber und Lady X wurde von Sinclair besiegt. Das war dann auch der Zeitpunkt, wo Tanja Michaelis alias Pamela X mit dem Lesen der Serie aufhörte.

Storys mit einem solche Happy End waren ihr einfach zuwider.

»Entschuldigung, ist hier noch frei?«, fragte eine jüngere, elegant gekleidete Dame an der Tür des Abteils stehend.

»Ja, sicherlich«, antwortete Pamela X kurz angebunden und verdrehte, verdeckt hinter der dunklen Sonnenbrille, genervt ihre Augen. Das wäre ja auch zu schön gewesen, wenn die knapp zweistündige Fahrt mit der Deutschen Bahn so ungestört verlaufen wäre.

Schnell verstaute sie all ihre sensiblen Unterlagen in der kleinen bequemen Reisetasche und legte diese auf die Ablage über ihrem Kopf.

»Ha! Das ist ja wohl ein genialer Zufall. Wir beiden Hübschen haben doch tatsächlich dieselbe Business-Tasche von Prada«, sagte der blonde Neuzugang und präsentierte stolz die kleine schwarze Luxustasche mit dem extravaganten Magnetverschluss.

»Übrigens, ich heiße Lydia Burgmann.«

»Wir haben die gleichen Taschen von Prada – nicht dieselben, liebe Frau Burgmann«, korrigierte Pamela X und wusste schon nach diesem kurzen Wortwechsel, welch Geistes Kind ihre Nachbarin im Abteil war. Dann nahm sie sich demonstrativ eine Zeitung zur Hand und blätterte angesäuert und mit der Hoffnung auf ein bisschen Ruhe und Privatsphäre durch die einzelnen Seiten.

Doch zu früh gefreut!

In den nächsten gut neunzig Minuten plapperte Madame Prada monoton und unaufhörlich wie ein Wasserfall auf sie ein. Und dies ohne Punkt und Komma und in einer solch peinlichen Detailtiefe, die schon zum Fremdschämen war.

So erfuhr Pamela X, dass Blondschopf in einer Firma für Dessous tätig war und nun in Berlin die aktuelle Kollektion feinster Damenstrumpfhosen präsentieren sollte. Dabei wollte sie das Dienstliche mit dem Angenehmen verbinden und sich zuvor mit ihrem Freund im Hotel auf ein kleines Techtelmechtel treffen.

Zu viel Input für eine Fahrt im ICE 701.

»Ich habe etwas extra Scharfes dabei für ihn«, flüsterte die blonde Nervensäge der immens strapazierten Pamela zu.

»Möchten Sie einmal sehen?«

Wie konnte man da Nein sagen.

Tatsächlich würde der Freund von Blondie staunen, denn die sexy schwarzen Nylons waren wirklich vom Feinsten und sehr edel verarbeitet. Das musste sogar unsere Profikillerin zugeben und machte schnell einige Fotos dieser Marke mit ihrem Handy.

Dann ging das Geplapper von Lydia B. von vorne los und wurde nur zeitweise unterbrochen vom Schaffner, der die Fahrkarten kontrollierte und von einer netten Servicekraft, die heißen Kaffee und ein belegtes Sandwich mit Käse und Ei brachte.

Wie kann man nur in einer Tour so viel dummes, belangloses Zeug erzählen?, dachte sich Pamela X und blickte nervös auf ihre luxuriöse Armbanduhr und dann nachdenklich auf die schwarze Tasche über ihr.

Sollte sie dem ganzen Drama um Lydia B. hier und jetzt ein schnelles Ende bereiten?

Dann endlich kam die erlösende Durchsage:

Der ICE 701 würde den Hauptbahnhof Berlin in wenigen Minuten erreichen. Eine Befreiung für unsere arg geplagte Lady X und eine lebensrettende Info für Miss Quasselstrippe.

Hektisch nahmen beide Damen ihre teuren schwarzen Markentaschen von der Ablage, zogen ihre Jacken an und verabschiedeten sich überaus freundlich voneinander.

Na ja, bei Miss Pamela X war es eher ein gedankliches »auf Nimmerwiedersehen, Blondchen«, was sie aber charmant für sich behielt.

Dann stiegen Killerin und Dessous-Verkäuferin aus dem Zug und gingen ihrer Wege.

13:20 Uhr, Hotel Waldorf Astoria, Zimmer 2.301,
Berlin

»Schau mal, was ich hier Scharfes für dich habe, Schatzi«, flüsterte Lydia Burgmann ihrem halbnackten Lover zu, griff beherzt in ihre edle schwarze Prada-Tasche, um gleich darauf vor lauter Schmerzen zu schreien. In der Hand hielt sie ein rasiermesserscharfes Messer mit einer blutigen Klinge.

»Autsch, Schatzi. Hast du bitte einmal ein Pflaster für mich? Ich blute wie Sau!«

13:43 Uhr, Tiergarten, Nähe Teehaus,
Berlin

Miss Pamela X, die geniale Auftragskillerin aus Hamburg sah ihre Zielperson unmittelbar vor sich an einem Baum gelehnt. Der Kerl rauchte gedankenverloren eine Zigarette. Seine wohl letzte Zigarette in seinem Leben. Den

190

gepflegten Mann mit Vollbart hatte sie auf den Fotos ihres Klienten gesehen, das Gesicht intensiv studiert und daher sofort erkannt.

Sie sah sich kurz im Park um. Der Augenblick schien absolut perfekt. Niemand anderes war weit und breit zu sehen.

Still und leise öffnete Miss Pamela X den Magnetverschluss ihrer eleganten Markentasche, griff gezielt hinein und hielt dann völlig verblüfft eine tadellos verarbeitete schwarze Nylonstrumpfhose der Marke Lascana in Händen!

Verdammt, die gute Tasche mit all dem wichtigen Equipment war nun also bei dem blonden Dummchen. Nun gut, darum musste sich unsere Profikillerin dann wohl später kümmern müssen.

Sie sah sich die Nylons erneut an, ärgerte sich massiv über ihren Fauxpas mit den vertauschten Pradas und war blitzschnell wieder ganz Profi. Leise und behäbig wie eine Katze schlich sie sich an und dachte:

»Na ja, die hier wird's dann zur Not auch tun müssen!«

Tisch Nummer 30

Mal so ganz unter uns. Habt ihr eine Lieblingszahl? So eine spezielle Ziffer, mit der ihr ein besonderes Ereignis verbindet wie etwa den Geburtstag eines lieben Menschen oder den eigenen Hochzeitstag?

Nun, meine Lieblingszahl ist die 13. Ja, tatsächlich die 13! Da, wo andere direkt stöhnen: »Hilfe, die bringt nichts als Unglück«, da strahle ich nur und sage:

»So eine prima Zahl!«

Denn an einem Dreizehnten habe ich meine Freundin zum allerersten Mal geküsst, die nun tatsächlich seit über 25 Jahren meine Ehefrau ist. Glückszahl!

Ach ja, die Lieblingszahl meiner guten Freundin Gisela L. aus Mainz ist die 30 …

***

Es war absolutes Mistwetter in der Mainzer Innenstadt, als Gisela L. endlich das Restaurant Adagio erreichte. Natürlich war sie klitschnass, ganze zwanzig Minuten zu spät und furchtbar sauer auf den Taxifahrer. Der hatte es tatsächlich geschafft, sich innerhalb der Stadt mehrmals zu verfahren und irgendwie hatte sie den Verdacht gehabt, dass der Kerl damit nur den Fahrpreis zu seinen Gunsten anheben wollte.

Das Trinkgeld fiel daher recht mau aus. Es gab nämlich keines!

Schnell zückte Gisela vor der gläsernen Eingangstür ihr Handy und checkte per Cam die allgemeine Lage. Na ja, die Haare musste sie wohl schnell auf der Gästetoilette richten und das Make-up ein wenig nachziehen. Gottlob hatte die lange Jacke Schlimmeres verhindert, sodass Bluse und Rock akkurat saßen und absolut trocken waren.

»Guten Abend die Dame«, begrüßte sie der Chef persönlich, »darf ich Ihnen aus der nassen Jacke helfen und Sie an Ihren Tisch begleiten?«

Gisela bedankte sich, ließ sich gerne helfen und flüsterte dem freundlichen Herrn zu, dass sie noch kurz einmal wohin müsse, um sich wieder herzurichten.

Etwa zehn Minuten später wurde sie dann an den reservierten Tisch Nummer 30 geführt und nahm Platz. Ihr Dieter war bereits da und strahlte sie, verliebt wie eh und je, an.

»Bussi, mein Schatz, und entschuldige bitte meine Verspätung. Ich war schon vor Stunden fertig angezogen und picobello zurechtgemacht. Das kannst du mir glauben. Doch dann kam eines zum anderen und am Ende war dann noch dieser unglaublich freche Taxifahrer. Aber wie unhöflich von mir – ich plappere und plappere. Erst einmal alles Gute zum Geburtstag, mein Liebling.«

Gisela gab ihrem geliebten Dieter einen dicken Kuss.

Dann kam die Vorspeise und Gisela musste schmunzeln. Andere Paare hätten erst einmal die Getränke- und Speisekarte geordert, dann über dieses und jenes diskutiert und letztlich die Bestellung aufgegeben.

Bei Dieter und ihr war das alles wunderbar eingespielt.

»Oh, du hast für uns Ofenspargel und Bärlauch bestellt. Perfekt! Du weißt, wie sehr ich diese Kombi liebe. Lass es dir schmecken, mein Schatz.«

Tatsächlich sahen beide Teller hervorragend aus und auch der ausgewählte Wein passte ausgezeichnet. Gisela lachte ihren Mann liebevoll an und der ganze Stress war wie von Zauberhand verflogen.

Wie schön, wenn man den richtigen Partner an seiner Seite hat!

Sie sah ihren Dieter an und dachte an all die vielen schönen Jahre voller Ameisen auf der Haut und Schmetterlingen im Bauch. So früh hatten sie sich kennengelernt und viele hatten sie gewarnt, sich in so jungen Jahren schon an den einen Mann zu binden. Einem Mann, der zudem schon einige Jährchen älter war als sie selbst.

»Die Welt ist gesegnet mit schönen, sexy Kerlen, Gisela«, meinte eine gute Freundin damals.

»Du musst von mehreren Tellern naschen, bis es dir wirklich so richtig schmeckt.«

Doch Dieter war ihr perfekter Mann und so blieb sie an seiner Seite, heiratete ihn und vermisste nichts.

»Hat es den Herrschaften geschmeckt? Darf ich abräumen und den Hauptgang servieren?«, fragte der aufmerksame Kellner und es folgte ein zustimmendes Nicken.

Natürlich war auch der Hauptgang sensationell und eine solche Keule vom Hunsrückreh mit Chicorée und Jus hatte Gisela noch nie zuvor gegessen. Auch das Geburtstagskind strahlte sichtlich zufrieden.

»Ach, Dieter. Ich bin so dermaßen glücklich. Diese Idee von dir, dass wir immer an deinem Ehrentag hier in diesem Restaurant sitzen und sogar Tisch 30 haben, die war genial.

Ich habe mal gerechnet. Abzüglich der acht Geburtstage, wo wir verhindert waren, müsste dies heute unser 25. Abend im Adagio sein. Ich bin sehr gespannt, ob wir vielleicht eine ganz besondere Nachspeise bekommen.«

Gisela und Dieter wurden tatsächlich nicht enttäuscht. Es gab Sauerampfer-Parfait mit Himbeergelee. Der Küchenchef persönlich servierte das Dessert und überreichte auch noch einen Absacker aufs Haus:

»Auf Ihr Wohl und auf weitere gute Jahre!«, sagte er.

Dann bat Gisela um die Rechnung.

»Nein, ich bestehe darauf, Dieter. Die letzten Male hast du stets gezahlt. Bitte fühl dich heute einmal von deiner Frau eingeladen, mein Liebling. Sei bitte nicht beleidigt. Gerne darfst du dann kommendes Jahr wieder alles begleichen.«

Gisela zahlte mit einem Lächeln auf den Lippen, gab auch ein angemessenes Trinkgeld und musste erneut kurz schmunzeln.

Der Taxifahrer würde sich ärgern, wenn er mitbekommen hätte, wie großzügig sie sein konnte. Gute Leistung sollte auch entsprechend entlohnt werden. Das hatten ihr die Eltern beigebracht und damit war sie auch stets prima durchs Leben gekommen.

Sie stand von Tisch Nummer 30 auf, nahm ihre Handtasche und der Adagio-Chef persönlich brachte ihr den Mantel, der überraschenderweise trocken war, und half ihr hinein.

»Darf ich Ihnen auch Ihren Mann überreichen, gnädige Frau?«, fragte er und gab Gisela das große gerahmte Foto ihres Dieters in die Hand, auf dem er so zauberhaft lächelte.

Dies Bild hatte der Chef schon vor Tagen von ihr erhalten mit der Bitte, es an diesem Abend auf den Stammplatz zu stellen.

Pünktlich zu seinem Ehrentag.

Ja, dieser erste Geburtstag ohne ihren verstorbenen Mann – das war Gisela L. nicht leichtgefallen. Und doch hatte sie gespürt, dass ihr wunderbarer Dieter den ganzen Abend bei ihr gewesen war.

An seinem Lieblingstisch Nummer 30 mit seiner bezaubernden Ehefrau.

Sechserpack

Wenn ich an meine Schulzeit zurückdenke, dann kommt so ein gemischtes Gefühl auf zwischen Freude, Frust und Hass. Viele Unterrichtsfächer fand ich megaspannend, las, rechnete und lernte fleißig. Doch die Klassengemeinschaft selbst war nicht so der Burner.

Es gab die privilegierten Schüler, die aus reichem Hause kamen und sich über ihre modernen Klamotten definierten. Da bildete sich schnell eine Gruppe, die andere Mitschüler ausgrenzten oder sogar mobbten.

Heutzutage kann ich über all dies schmunzeln und es zwickt nur noch ganz selten am Ego.

Ich hoffe, dass auch Henning B. mittlerweile über die alten Zeiten lachen kann …

***

Ich hatte gestern im Einkaufszentrum einen Schulkameraden von damals getroffen. Merkwürdig, dass wir uns nach über dreißig Jahren noch erkannt haben, denn das Leben macht ja etwas mit uns. Aus schlank wird dick, das einst volle Haar weist Geheimratsecken auf und das jugendliche Gesicht hat nun Narben und Falten.

Bernd Stahlmann entdeckte mich zuerst an der Käsetheke, schaute mich lange und prüfend von der Seite an und meinte dann ganz vorsichtig:

»Entschuldigung, aber Sie kommen mir so bekannt vor. Sind Sie vielleicht Henning Brotkorb aus Gummersbach?«

»Nein, tut mir leid!«, antwortete ich prompt und musste höflich abwinken, da ich nun an der Reihe war mit meiner Bestellung. Schnell drehte ich den Kopf weg von meinem ehemaligen Mitschüler und schaute nach vorne.

»Guten Morgen, Herr Brotkorb, wie nett! Gehen Sie heute bei uns einkaufen?«, begrüßte mich die überaus freundliche Käsefachverkäuferin Hilde Groß hinter der Theke.

Ich wäre ihr am liebsten an die Gurgel gesprungen!

Ich bestellte flugs jungen Gouda, fünf Scheiben Leerdamer und Old Amsterdam-Käse für das Wochenende, als mir der Kerl nebenan mehrmals auf die Schulter klopfte.

»Dann bist du also doch der Henning von damals? Du wolltest mich wohl nur ein wenig aufziehen, gell?«, lachte Bernd und fuhr fort mit seinem Monolog:

»Das muss ja jetzt schon über dreißig Jahre her sein. Aber ich habe dich gleich erkannt! Na ja, der Bauch ist bei dir mehr geworden und die Haare weniger. Aber ansonsten siehst du aus wie in den 80ern. Wie geht's dir denn so? Was machst du denn beruflich? Hast du auch Familie und Haus? Ist deine Schwester immer noch so ein Feger? Mensch, erzähl doch mal!«

Ich erkannte, dass es keine Chance auf Flucht gab, und beantwortete alle Fragen wie in einer Quizshow, in der Schnelligkeit und nicht Detailtiefe eine Rolle spielten.

Dann nickte ich abermals höflich, verabschiedete mich und wollte Richtung Kasse gehen.

»Mensch, pass mal auf, Henning. Ich organisiere gerade ein Ehemaligentreffen. Für den kommenden Samstag habe ich bereits vier Zusagen. Mit dir wäre dann das gute alte Sechserpack der 80er Jahre wieder komplett. Komm, sag zu und lass uns mal die Handynummern austauschen!«, ratterte Bernd wie ein Maschinengewehr runter.

In diesem Moment erinnerte er mich an den penetranten Versicherungsvertreter, der eines Tages an meiner Haustür stand und partout nicht zum Gehen zu bewegen war. Erst als ich ihm einen Bogen mit allen relevanten Daten ausfüllte und unterschrieb, gab er Ruhe und war blitzartig weg.

Der gute Mann konnte da noch nicht ahnen, dass ich den gezeichneten Vertrag nur zehn Minuten später per E-Mail widerrufen würde.

So tauschten Bernd Stahlmann und ich die Handynummern aus und tatsächlich war auch er in Sekundenschnelle von der Bildfläche verschwunden.

Endlich war wieder Ruhe.

Bereits den Tag darauf hatte ich 28 (!) Whats-App-Nachrichten von Guido, Stephan, Maik, Oliver und Bernd und bereute es zutiefst, dass ich meine Handynummer herausgegeben hatte.

Jeder schrieb, wie sehr er sich über ein Wiedersehen freute, und hatte im Anhang zahlreiche Fotos aus den guten alten Zeiten beigefügt.

Oh Mann, mir wurde ganz anders.

Ich hatte keine so schönen Erinnerungen an die damalige Zeit. Die fünf Jungs kamen aus gut betuchten Familien, wo es nie an Geld und Luxus mangelte. Während ich die Klamotten meines größeren Bruders tragen musste, trug der Rest des Sechserpacks teure Armani-Jeans und moderne Hilfiger-Hemden.

An manchen Tagen beneidete ich die englischen Schüler, die alle Schuluniformen tragen mussten, sodass niemand wegen seiner Klamotten gemobbt und belächelt werden konnte. Eine verdammt geniale Idee, um das Gemeinschaftsgefühl zu verbessern.

Auch sonst war ich der Außenseiter gewesen, machte manchmal die Hausaufgaben der anderen fünf Jungs mit und verdiente mir so etwas dazu. Ich mähte den Rasen bei Maiks Eltern, säuberte den Pool von Guidos Stiefmutter und reinigte den Jaguar von Olivers Papa.

Immer wieder standen die Jungs in der Nähe, gaben Anweisungen und meckerten, wenn nicht alles zur besten Zufriedenheit erledigt wurde.

Bei einer Prüfung ließ ich Bernd und Stephan abschreiben und bekam hinterher ordentlich Prügel, weil es für die beiden nur ein »befriedigend« als Note gab. Ich selbst hatte ein »sehr gut« in Mathe kassiert.

Was konnte ich denn dafür, wenn die zu blöde waren, sauber abzuschreiben?

Als Zigaretten und Bierflaschen im Klassenzimmer aufgefunden wurden, gab man mir die Schuld. Ich musste zwei Wochen lang den Schulhof fegen und in der Mensa Kartoffeln schälen, während die wahren Schuldigen auf dem Hof rauchten und die Kippen verächtlich vor meine Füße warfen.

Es waren keine so schönen Schuljahre für mich.

Immer wieder dachte ich darüber nach, warum ich mit den miesen Kerlen abhing und mir all dies gefallen ließ. Ich wollte wohl einfach dazu gehören und mit auf der Sonnenseite der Schönen und Reichen sein. Ich hatte die leise Hoffnung, dass sich alles zum Besseren wandeln würde.

Doch die Schikanen blieben.

»Du musst heute Abend nicht dahin gehen, Schatz!«, sagte meine Frau am Samstag zu mir.

»Ich weiß, wie sehr du in all den Schuljahren darunter gelitten hast. Tu es dir nicht an und bleib bitte zuhause.«

»Ach, das ist schon Jahrzehnte her und der Mensch ändert sich«, antwortete ich ihr und verpackte die fünf erlesenen Flaschen Champagner, die ich extra für dieses Treffen beim Händler meines Vertrauens erworben hatte.

Tatsächlich erweckte das baldige Zusammensein im Sechserpack eine Art Neugierde in mir. Hatten sich alle fünf Schulkameraden zum Positiven verändert?

Die kommenden Stunden sollten es zeigen!

Samstagabend, 21:18 Uhr,
eine Villa im noblen Kölner Viertel Marienburg
Bernd Stahlmann hatte als perfekter Gastgeber alles auffahren lassen, was nur möglich war. Das Büffet war vorzüglich angerichtet und zahlreiche

Bedienstete sorgten dafür, dass unsere Gläser stets nachgefüllt wurden. Tatsächlich hatte er die stolze Villa von seinem Vater geerbt und schien mit Geld nach wie vor keinerlei Sorgen zu haben.

Auch die anderen vier Jungs waren gut betucht, was ich anhand der geparkten kostspieligen Wagen vor dem Haus und den Armbanduhren der Marken Piaget und Breitling ausmachte, die an ihren Handgelenken zu sehen waren.

Nach dem Dessert überreichte ich die fünf kleinen Holzkisten und sah die Verwunderung in den Augen der Jungs. Damit hatte wohl niemand gerechnet.

Guido schaute mich lächelnd an und fragte:

»Oh, ein Dom Pérignon aus 2008! Der kostet locker 500 Euronen pro Flasche. Wo hast du denn die Flaschen geklaut, Alter? Du hast doch nicht einmal das Abi geschafft damals.«

Die anderen vier lachten verächtlich wie in den alten Zeiten und ich hatte keinerlei Lust, mich zu erklären.

So lachte ich mit.

Im Laufe des Abends kamen immer mehr Spitzen auf meine Kosten hinzu. Es wurde ein Scherz über meine billige Swatch-Uhr gemacht oder auch meine Turnschuhe zum Anzug belächelt. Ich spürte, dass sich wohl keiner in all der Zeit geändert hatte.

Auch nach über dreißig Jahren war ich immer noch das schwarze Schaf im Sechserpack.

Wenig später kamen in dieser illustren Runde auch Gesprächsthemen rund um Geld, Beruf und Vermögen auf. Mit jedem Schluck Sekt oder Champagner wurden die Zungen lockerer und ich erfuhr so einige spannende News:

Bernd und Stephan hatten ihre meisten Konten illegal in Panama angelegt, sodass sie kaum Steuern bezahlen mussten. Sie prahlten an diesem Abend förmlich damit, wie clever alles umgesetzt wurde und wie überaus dumm der deutsche Rechtsstaat sei.

Guido hatte sich sein Vermögen teilweise über Immobilienbetrug aufgebaut. Er verkaufte über eine Scheinfirma teure Anwesen in Italien, Spanien und Frankreich an gut Betuchte, kassierte Millionen und ließ die Geschädigten mittellos und ohne Chance auf eine Klage zurück.

All seine Papiere hatte er sorgsam in einem Tresor bei seiner Hausbank aufbewahrt.

Maik war ein mieser Heiratsschwindler. Sein immer noch gutes Aussehen und der wohl definierte Körper reichten aus, um wohlhabende Frauen um das Ersparte zu bringen. Dabei benutzte er stets eine falsche Identität, um das Vertrauen seines Opfers zu gewinnen.

Gefühle wie Skrupel oder Mitleid waren ihm völlig fremd.

Doch der Schlimmste von allen war Oliver. Er hatte mit Drogenhandel und Geldwäsche seinen Reichtum aufgebaut und arbeitete eng zusammen mit den Clans aus Berlin und München. Das Elend all der vielen Abhängigen und deren Familien ging ihm am Allerwertesten vorbei.

Was für eine Kanaille!

»Na, was hast du denn in all den Jahren so getrieben, Henning?«, wollte Bernd nun wissen.

»Wenn ich dich so richtig von Kopf bis Fuß betrachte, bist du wohl eher bei den Kleinkriminellen geblieben. Na ja, tröste dich. Nicht jeder hat das Zeug zu mehr. Du bist trotzdem einer von uns. Komm, nimm noch einen Schluck auf die guten alten Zeiten!«

Doch ich winkte ab, als er mein leeres Glas auffüllen wollte, schaute fokussiert in die Runde und sprach:

»Nun, in der Tat ist mein Leben ganz anders verlaufen als geplant. Als ich nach meinem Schulabbruch auf die schiefe Bahn zu rutschen drohte, traf ich die Frau meines Lebens. Von ihr lernte ich, was Ehrlichkeit und Rechtschaffenheit bedeuten. Durch sie habe ich begriffen, dass Leben mehr ist als Luxus und Reichtum und Geld.

Ich habe mein Abitur umgehend nachgeholt, einige Jahre in Frankfurt studiert und es tatsächlich zu etwas gebracht. Auch wenn dies angesichts meiner Klamotten hier kaum zu glauben ist. Ich habe sieben Jahre Jura, zwanzig Jahre als Rechtsanwalt hinter mir – und bin seit gut acht Monaten Staatsanwalt am Amtsgericht Köln.

Merkwürdig, dass ihr noch nie etwas von mir gehört habt.

Aber nun muss ich leider los. Es ist schon spät und meine Arbeit wartet. Es gibt so viel zu tun, denn das Böse hier in Köln schläft nie. Ich bedanke mich außerordentlich für die heutige Einladung und für den aufschlussreichen Abend und ich bin mir sicher, dass wir uns bald einmal wiedersehen werden.«

Ich muss wohl nicht weiter erwähnen, dass dies das Ende des Sechserpacks war:

Guido L. und Maik K. bekommen seit Wochen freie Kost und Logis von Papa Staat.

Bernd S. und Stephan P. haben sich blitzartig nach Panama abgesetzt und werden seit Wochen per Haftbefehl gesucht.

Das Gerichtsurteil im Prozess um Oliver Z. wird wohl in Kürze bekanntgegeben werden. Ich fürchte, der Gute wird nun für einige Jahre den Innenhof fegen, Kartoffeln schälen und den Wagen des Gefängnisdirektors reinigen müssen.

Letztlich siegt das Gute immer und das Böse schaut durch Gitterstäbe!

Sonnenblumenzauber

Vor wenigen Tagen habe ich ein Foto als Bildschirmhintergrund gespeichert mit einem Meer aus Sonnenblumen in einem Feld am Straßenrand. Ich liebe dieses Bild, die Farbgebung und die Stimmung.

Ein schönes Gefühl, wenn der Computer mit diesem Foto meinen Arbeitsalltag beginnen lässt.

Ich hatte diese gelben Kunstwerke Gottes vor Jahren auf einer Fahrt durch das schöne Taubertal entdeckt und musste spontan Halt machen. Den Wagen stellte ich frech am Straßenrand ab und machte mich mit meinem geliebten Handy auf ins Feld und war sofort in einer ganz anderen Welt.

Sonnenblumen haben etwas Erhabenes, Feines und durchaus auch Elegantes.

Manche behaupten, dass sie sogar magische Kräfte besitzen …

***

Manuela raste auf ihrem Motorrad die Autobahn A7 Richtung Flensburg hinauf. Sie wollte jetzt einfach allein sein und nur den Fahrtwind spüren. Einfach nur Vollgas geben und den Kopf freibekommen. Hinter dem Visier ihres Schutzhelms, der den Schriftzug »FULL POWER« trug, liefen immer wieder Tränen über ihre Wangen hinab.

Sie konnte sich nicht dagegen wehren, weil sich Trauer, Schmerz und Wut permanent abwechselten und ihr die drei Worte in den Kopf hämmerten:

Papi ist tot!

Das Krankenhaus rief Manuela am frühen Morgen an und teilte ihr mit, dass der Vater im Sterben lag. In Sekunden war sie hellwach, zügig angezogen und fuhr wie in Schockstarre in die Klinik, um Papi Adieu sagen zu können. Ihr Körper reagierte in diesen extremen Momenten wie von selbst und wusste ganz genau, was wie zu tun war. In Rekordzeit und wie durch ein Wunder unfallfrei kam sie am Hospital an.

»Hallo, meine Kleine«, begrüßte sie der im Bett liegende Vater.

»Was machst du denn so früh hier? Frühstück gibt es doch erst um 07:30 Uhr.«

Manuela zog die schwere Lederjacke aus und gab dem Papi einen dicken Schmatzer auf die Wange. Blass sah er aus und schwach. Doch so gut es eben ging, versuchte sie, sich nichts anmerken zu lassen. Sie hielt seine linke Hand, die blau, kalt und so kraftlos war.

»Ach, weißt du, Papi. Ich war noch auf der Rolle und dachte mir, ich trink noch schnell einen Kaffee bei dir, ehe ich nach Hause fahre. Mal sehen, ob ich welchen organisieren kann für uns zwei Hübschen.«

Auf dem kalten weißen Flur der Station traf Manuela den zuständigen Arzt, der sie über den aktuellen Zustand ihres Vaters aufklärte und ihr versicherte, dass alles Mögliche getan worden sei. Doch letztlich war der Alterungsprozess zu weit fortgeschritten.

Es blieben wohl nur noch wenige Stunden.

Erneut liefen Tränen über ihre Wangen, sie bedankte sich bei dem Arzt für seine Offenheit und nahm ein Taschentuch zur Hand.

Auf dem Gang entdeckte sie schließlich einen Rollwagen, auf dem sich Kaffeekannen, Tassen und Teller befanden.

»Aaachtung, heiß und stark!«, sagte sie beim Betreten des Zimmers und stellte die beiden Tassen mit dem dampfenden Kaffee ab.

»Wie immer – schwarz ohne Milch und Zucker für dich, Papi!«

Erneut setzte sie sich nah zu ihm ans Bett und streichelte seine Wangen. Er lächelte sie liebevoll an und bekam dann den ersten Schluck des heißen Wachmachers.

»Mh, lecker. Das tut gut«, sagte Papi.

»Ich frage mich nur die ganze Zeit, warum mein Mädchen so ein komisches T-Shirt mit diesen Sonnenblumen angezogen hat? Gehst du mit so einem Teil etwa auf die Rolle?«

Erst jetzt fiel Manuela auf, dass sie noch ihre Schlafsachen anhatte und aus lauter Hektik einfach die Motorradkluft darüber gezogen hatte. Wie peinlich! Doch dann lachte ihr Papa so herzlich und das steckte an.

Zum ersten Mal seit ihrer Ankunft in der Klinik musste auch Manuela lachen.

Das Frühstück wurde pünktlich gebracht und sie schmierte dem Vater ein Brötchen und belegte es mit Käse, was er aber mit verzogener Miene und einem »keinen Hunger« ablehnte. Dafür schmeckten ihm aber der Erdbeerquark und der Orangensaft, während Manuela den Rest vom Tablett futterte.

Dann antwortete sie endlich:

»Weißt du, Papilein, ich habe doch schon als Kind Sonnenblumen geliebt. Du hast mir so oft von euren wilden 60er-Jahren erzählt, wo alles

Flower-Power war und ihr das Leben so leichtgenommen habt. Ich habe noch so viele herrliche Fotos aus den alten Zeiten und immer wieder tauchen da auch Sonnenblumen auf. Daher liebe ich dieses T-Shirt so sehr.«

Papi lächelte seine Tochter an und nickte zustimmend. Es war nicht ganz so wild zugegangen, wie es die besagten Fotos vermuten ließen, und doch war es eine schöne Zeit gewesen. Er hatte verrückte Klamotten getragen, seine Haare waren schulterlang und die Hosen an gewissen Stellen extrem eng gewesen.

Er war so verknallt in seine süße Frau mit ihrem sexy Minirock, den kniehohen Stiefeln und diesem bezaubernden Lächeln. Dies war Flower-Power, Liebe pur in diesen unvergesslichen Jahren.

Das größte Glück kam aber für seine Süße und ihn, als die Tochter Ende der 60er auf die Welt kam und die Familie komplettierte.

»Du hast recht, Kleines«, erwiderte er.

»Ich habe deiner Mama Sonnenblumen ans Bett gebracht, als ich sie und dich das erste Mal im Krankenhaus besuchen durfte. Du warst das schönste Baby von allen und hast hell gestrahlt wie eine Sonnenblume.

Du warst voller Kraft, voller Leben und mir war sofort klar, dass ich den größten Schatz auf Erden in meinen Händen halte. Da wir dich aber nicht Sonnenblume nennen konnten, gaben wir dir den Namen Manuela. Das heißt so viel wie ›Gott ist mit ihr‹. Aber das habe ich wohl schon an die tausend Male erzählt.

Ich glaube, dein alter Vater wird langsam senil.«

Vater und Tochter erzählten sich noch weitere Geschichten aus den alten Zeiten. Vieles hatten sie gemeinsam erlebt und konnten sich stets aufeinander verlassen. Daher war beiden bewusst, wie wichtig dieser Moment hier in dem weißen, kargen Raum war.

Papi und Manuela hielten sich liebevoll die Hände und waren sich so nahe. Das Lachen konnte man trotz der geschlossenen Tür bis auf den Flur hören. Und das war um diese Uhrzeit und für so eine eher traurige, ruhige Station schon sehr ungewöhnlich.

Dann kam die Stille.

Fünfzig Minuten später saß eine traurige Manuela auf dem Motorrad und bretterte über den Asphalt.

Papi hatte diese Welt verlassen!

In den kommenden Tagen würde die übliche Maschinerie anlaufen mit Behördengängen, Traueranzeigen, Bestattern und vielem mehr. Doch erst einmal musste sie den Wind spüren und ihren Tränen freien Lauf lassen. Schließlich waren sie über fünfzig Jahre lang Vater und Tochter gewesen. So etwas konnte man nicht so einfach auf Knopfdruck beenden.

An der Abfahrt Tarp verließ Manuela die Autobahn und setzte die Fahrt auf der Landstraße 15 Richtung Wanderup fort. Diese Gegend war ihr absolut fremd. Hier war sie noch nie im Leben gewesen und sie fragte sich, ob sie weiterhin so ziel- und planlos auf dem Zweirad durch die Lande fahren wollte.

Immerhin mussten noch alle Verwandten, Bekannten, Freunde und Nachbarn informiert werden. Alle anderen hatten ein Recht darauf, von Papis Reise zu erfahren. Manuela grauste davor, dass sie nun den lieben langen Tag am Telefon verbringen würde, voller Schmerz und Tränen und Beileidsbekundungen.

Doch dann sah sie dieses Meer aus Gelb am Straßenrand!

Sie trat heftig auf die Bremse, schaltete den Motor ab und fuhr die Parkstütze aus. Dann stieg sie von ihrem Motorrad ab, zog den Helm aus und weinte bitterlich und hemmungslos. Vor ihr tat sich ein großes Feld auf mit Hunderten von zauberhaften Sonnenblumen, die alle in ihre Richtung zu lächeln schienen.

»Leb dein Leben, mein Mädchen. Und bitte werde nie erwachsen! Ich habe dich für immer lieb, mein Kleines.«

Das waren die letzten Worte, die Papi ihr gesagt hatte, bevor er ins Licht ging.

Mit Tränen voller Schmerz, aber auch voller Stolz zog sich Manuela die schweren Stiefel, Lederhose und Jacke aus und lief barfuß mit Shorts und ihrem Sonnenblumen T-Shirt hinein in das gelbe Zaubermeer und rief ganz laut in den Himmel:

»Keine Sorge, Papilein – erwachsen werde ich wohl nie. Aber vermissen werden ich dich für immer!«

So hatten diese gelben Zauberblumen für ein wenig Trost gesorgt an diesem dunklen und sehr traurigen Tag.

Als Manuela am Abend die zahlreichen Fotoalben vergangener Zeiten ansah, lächelte, schmunzelte und weinte sie.

Neben ihrem Sofa hatte sie ein Foto vom Papa aufgestellt, auf dem er so herzlich lachte. Gleich daneben stand ein Glas mit Rotwein, eine fast leere Box mit Taschentüchern sowie eine Vase mit einem Strauß frischer Sonnenblumen.

Das besondere Rezept

Es gibt gewisse Mahlzeiten aus der Kindheit, die uns in Erinnerung bleiben. Ich denke da an die vielen unheimlich leckeren Bratkartoffeln mit Speck und mit Kopfsalat oder auch an den kalten Vanillepudding mit frischen Kirschen aus Omas Garten.

Schon der bloße Gedanke daran schenkt mir ein kleines glückliches Lächeln auf meine Lippen. Schöne leckere alte Zeiten waren das.

Und so sitze ich hier, schreibe über all dies und bekomme tatsächlich ein wenig Hunger und ganz viel Sehnsucht …

***

Ende Mai sollten endlich meine besten Freunde zu Besuch kommen. Und ich freute mich schon wie Bolle darauf. Seit Wochen hatten wir uns auf den Freitagabend ohne Anhang festgelegt, was nicht ganz so einfach war. Denn jeder musste dies intern mit der eigenen Familie abstimmen, alle Termine sorgsam in Outlook checken und sich für die geplanten drei bis vier Stunden Männerabend freischaufeln.

Was für ein Stress.

Früher war das alles so easy und federleicht. Da rief man am Nachmittag alle Freunde an und am Abend waren alle vollzählig da und blieben ohne Kontrollblick auf die Uhr oder ein kurzes Lebenszeichen nach Hause per SMS oder WhatsApp. Es gab kein störendes Handy und keine vollen Kalender.

Früher, da war alles so herrlich einfach und so wunderbar analog.

Ich hatte mir selbstverständlich im Vorfeld Gedanken gemacht, was ich den Jungs Leckeres koche, und die noch recht neue weiße Markenküche freute sich wohl auch auf den ersten Großeinsatz.

»Also Norbert, Pizza und Spaghetti reichen völlig«, meinte Tobias, und Ralf sagte:

»Gyros mit mindestens drei Löffeln Zaziki bei Stavros geht immer. Der ist eine sichere Bank.«

Aber ich lächelte nur und versprach, dass es ein Abend ohne Fastfood werden würde, und legte die Latte der Erwartungen schon recht hoch. Meine Freundin sagte zu all dem mit leicht verschmitztem Grinsen »hausgemachter Stress«.

Ich hingegen nannte es einen perfekten Plan und eine Reise in die Vergangenheit.

»Das wird der Hit, du wirst schon sehen«, antwortete ich ihr siegessicher.

Die Jungs waren früher in den guten alten Zeiten sehr oft bei uns zuhause gewesen. Dies alles ohne große Einladung und ohne Vorankündigung. Wer kam, der kam und war willkommen und am Essenstisch rückte man dann einfach zusammen und stellte einen zusätzlichen Teller (oder auch zwei oder drei) auf den Tisch.

Allen schmeckte es und alle wurden satt.

Ich habe keine Ahnung, wie dies alles funktionierte und ob meine gute Mama vorausschauend mehr kochte. Jedenfalls reichte es immer für alle und erinnerte an die wundersame Brotvermehrung im Evangelium des Markus.

Nur da waren es an die 5.000 Leutchen gewesen, wenn ich dies richtig gegoogelt habe, und die hätten wohl keinen Platz auf unserer Eckbank in der Küche gehabt. Wäre zumindest recht eng geworden.

Der Schlachtplan hing sauber mit dem guten alten Tesafilm geklebt an den Schranktüren der Küche. Alles fein und akkurat nummeriert von 1 bis 3 und mit Angabe der jeweils benötigten

Zeiten. Demnach sollten mir gut und gerne 45 Minuten für die gesamten drei Gänge reichen.

Mama hatte ich die Woche zuvor akribisch in nur vier Stunden interviewt, alles in Ruhe mitgeschrieben, sodass Suppe, Hauptgang und Nachspeise mit federhafter Leichtigkeit von der Hand gehen sollten.

Der Kühlschrank war gefüllt mit dem weltbesten Bio-Fleisch vom Bauern meines Vertrauens, mit Käse aus dem Fachmarkt und mit vielen anderen Dingen aus fairem Handel. Nachhaltigkeit, gute Qualität und die Unterstützung regionaler Anbieter waren und sind mir wichtig in meinem Leben.

Rotwein, gut gekühltes Bier und der Espresso für danach warteten ebenfalls auf ihren Einsatz.

Nun fehlten nur noch die Protagonisten für den Abend. Meine guten alten Freunde.

Tatsächlich kamen alle pünktlich zu mir ins Haus – keiner sagte kurzfristig ab. Der Abend mit den Kumpels konnte beginnen.

Einen Tag später ...

Der Abend war beinahe ein riesiger Erfolg gewesen. Die Jungs und ich hatten vieles aus alten Zeiten erzählt und es wurde herzhaft gelacht und auch schon einmal ein Glas auf all diejenigen gehoben, die schon vorausgegangen waren und auf ihrer flauschigen Wolke saßen.

Klar sahen wir nicht mehr so frisch aus, wie vor dreißig Jahren, weil das Leben nun einmal seine Spuren hinterlässt. Aber wir hatten uns in all der Zeit nie aus den Augen verloren und unsere Freundschaft gepflegt wie eine wertvolle Pflanze, die Wasser und guten Boden benötigt, um zu gedeihen.

Tobias hatte es zum Rechtsanwalt geschafft mit eigener Kanzlei und einigen Mitarbeitern. Der Sohn eines einfachen Büroangestellten und einer Hausfrau stieg die Karriereleiter mächtig nach oben und wohnte nun im vornehmsten Ort von ganz München – am Starnberger See mit perfektem, stylischem Haus, erfolgreicher Ehefrau und zwei Töchtern, die natürlich auf eine Privatschule gingen.

Ralf war immer der absolute Streber von uns dreien gewesen und hatte sich in den letzten zehn Jahren zum angesehensten Schmuckhändler gemausert. Die Münchener Schickeria war stets zu Gast in seinen Büros. Vor seiner Villa parkte dieser besondere rote Wagen mit dem schwarzen aufbäumenden Pferdchen auf dem Emblem und mittlerweile hatte er die zweite Scheidung hinter sich. Auch seine Eltern stammten aus einfachen und sehr bescheidenen Verhältnissen und waren so stolz auf ihren Sohn und seine positive Entwicklung.

Übrigens, mein Name ist Norbert Gärtner und mir gehören so einige gut florierende Boutiquen auf der Maximilianstraße in München, falls Ihnen dies etwas sagen sollte. Dies ist eine der vier städtebaulich bedeutenden Prachtstraßen in der City und ich habe schon so einige gut betuchte Promis begrüßen dürfen.

Dafür, dass mein allzu früh verstorbener Papa ein einfacher Gärtner war – nomen est omen –, habe ich mein Leben doch recht gut gemeistert. Finden Sie nicht auch?

Aber ich schweife ab.

Nun, wir alle genossen den wohl temperierten Wein, das kühle, erfrischende Bier aus der Flasche und auch die Espresso-Maschine machte den perfekten Job. Die Zigarre auf der Terrasse mit Blick auf den beheizten Pool war dann der willkommene Abschluss eines fast gelungenen Abends.

Aber eben nur fast gelungen ...

Der Teil mit dem dreigängigen Menü hatte leider nicht so ganz gepasst. Dabei hatte ich alles genauso zubereitet und gekocht und gebraten und gewürzt, wie es einst Frau Mama gemacht hatte. Alles so, wie ich es fein säuberlich aufgeschrieben hatte. Daher rief ich meine Mutter am Nachmittag an und erzählte ihr davon, dass es weder den Freunden noch mir so richtig gut geschmeckt hatte.

Mama lachte laut und hörbar am Telefon auf und hatte natürlich des Rätsels Lösung parat:

»Mensch Norbert, mein Junge. Natürlich konnte das alles nicht schmecken. Schon damals in der alten Wohnung habe ich alles nur schnell zusammengewürfelt und gekocht und gebraten, damit alle – auch deine Freunde – satt werden konnten. Ich hatte mich schon gewundert, warum du gerade diese Rezepte haben wolltest. Aber dann dachte ich mir, der gute Junge wird schon wissen, was er macht.«

»Und warum haben wir damals alles mit Heißhunger in der Küche gegessen und keinen Krümel übriggelassen, wenn es nichts Außergewöhnliches war?«, fragte ich Mama.

»Das ganz besondere Rezept daran war, dass ihr jung wart und es so gemütlich in unserer kleinen Küche war. Auf der Eckbank habt ihr euch so wohlgefühlt und es gab weder ein Handy noch irgendwelche Termine im Kopf, die euch abgelenkt hatten.

In so einer liebevollen und ungestressten Runde mit guten Freunden und mit einem bescheidenen Ambiente schmeckt es dann einfach. Ganz gleich, was auf dem Teller ist. Das allein ist das Rezept gewesen, mein Bub.«

Tja, da hatte Mama Gärtner wie immer recht gehabt. So viel war sicher. Das weltbeste nachhaltige Fleisch, der teuerste Wein und die

luxuriöseste Küche konnten nicht mit dem kon-
kurrieren, was wir einst als Kinder hatten: eine
hölzerne alte Eckbank, wenig Platz am kleinen
Tisch und doch so viel ungeteilte, stressfreie
Zeit für uns drei.

Überraschung

Alltag ist nur durch Wunder erträglich«, meint Max Frisch und da mag er wohl recht haben. Ich erinnere euch an den zauberhaften Kinofilm »Und täglich grüßt das Murmeltier« aus dem Jahr 1993.

Da wacht der Hauptdarsteller jeden Morgen Punkt 6:00 Uhr auf, hört stets denselben Song (I got you, babe), trifft dieselben Menschen und ist in diesem einen Tag gefangen.

Erst so nach und nach begreift er, dass er es selbst in der Hand hat, diesem Albtraum zu entrinnen, indem er die Initiative ergreift und jede Minute sinnvoll nutzt.

Auch der gute Andreas brauchte einige Zeit, um eine Lösung für sein Dilemma zu finden …

***

»Was machst du eigentlich den lieben langen Tag?«, fragte Hannah ihren Mann Andreas.

»Immer wenn ich müde geschuftet von der Arbeit komme, finde ich die Wohnung in solch einem Chaos wieder. Die Teller stapeln sich in der Küche, der Müll müsste seit Tagen vor die Türe und der Hund hat auch weder Wasser noch Futter in seinen Schalen. Vom Unkraut im Garten und dem Altpapier auf dem Schuhschrank möchte ich erst gar nicht anfangen. Wo ist bitte das Problem?«

Es folgte ein kurzes Schweigen.

Andreas hätte jetzt durchaus aufzählen können, wie oft er an diesem Tag mit dem Hund Jerry vor der Tür gewesen war und dass beide Näpfe vor Stunden noch randvoll waren. Er hätte seiner Hannah die zahlreichen E-Mails zeigen können, die er heute emsig im Homeoffice bearbeitet hatte, und vieles mehr.

Doch er ließ es sein.

Stattdessen sagte er nur kurz und knapp:

»Jepp, du hast ja recht. Das mache ich morgen besser. Versprochen.«

Und so war das Thema für diesen Moment beendet. Doch die häusliche Stimmung war für den Rest des Tages im Eimer.

Mal wieder!

Der Alltag war beim Ehepaar Römer eingezogen wie eine schleichende Krankheit, die mit einem kleinen feinen Husten anfängt, dann Fieber und Schüttelfrost folgen lässt und schließlich den ganzen Körper in eine Starre versetzt.

Medizin, die gab es nicht gegen diese Routine. Kein Arzt hatte die perfekte Pille, die man schnell schlucken konnte, um wieder gesund zu werden. Kein Heilpraktiker hatte eine spezielle Salbe oder eine Tinktur, die gegen den Alltag half.

»Hey, Kopf hoch, Alter«, sagte sein bester Freund Oskar am Telefon.

»In jeder Ehe gibt es diese Phase, wo es kriselt und man sich unheimlich anzickt. Da mutiert eine kleine Mücke schnell zum Dinosaurier. Aber das wird wieder. Da mussten wir alle schon mal durch.«

Doch das sagte der gute Oskar schon seit Monaten gebetsmühlenartig, ohne dass eine Besserung in Sicht war.

Andreas wusste auch, dass er die Hauptschuld an diesem Dilemma trug. Seitdem er von zu Hause arbeiten durfte, hatte er sich Woche für Woche immer mehr gehen lassen.

Seine schicken Anzüge hingen einsam und verlassen im Schrank. Seine Business-Hemden warteten seit Monaten auf ihren Einsatz. Die eleganten schwarzen Lederschuhe hatten das letzte Mal zur Weihnachtszeit Tageslicht gesehen.

Stattdessen trug Andreas nun ausgelatschte Jeans, ungebügelte T-Shirts und lief den lieben langen Tag barfuß durchs Haus.

Einige hätten es Schmuddel und einen extremen Kontrollverlust betitelt, doch für Andreas war es eine neue Leichtigkeit und eine geniale Typveränderung. Warum sollte er sich daheim schick machen, wenn er nur E-Mails bearbeiten musste und es zudem reichte, hin und wieder ein Alibi-Hemd anzuziehen für eine Videokonferenz.

Hannah hingegen sah immer schick aus. Als Abteilungsleiterin in einem Team mit 25 Angestellten musste sie täglich vor Ort sein, wichtige Verhandlungen führen und konnte sich eine solche neue Leichtigkeit im Stil eines Andreas nicht erlauben. Einer Chefin im Konferenzsaal mit Jogginganzug, nackten Füßen und fettigen Haaren hätte man in der Tat sehr schnell die Ausgangstür gezeigt.

Auch das Haus war früher wohnlicher gewesen und das Ehepaar Römer konnte spontan und stressfrei Gäste empfangen.

Da glänzte der Boden, da standen frische Blumen auf dem Tisch und selbst die Küche sah picobello aus, wie in einem Werbeprospekt der Firma Nolte.

»Wir hatten ja damals keinen Hund«, waren die dünnen Argumente von Andreas. Doch

Vierbeiner Jerry fraß weder Chips noch trank er Cola oder Kaffee. Der Schuldige für die vielen leeren Tüten, Verpackungen, Flaschen und Tassen in all den Zimmern musste ganz woanders gesucht werden.

So saß ein nachdenklicher Andreas Römer am Abend auf der Couch, während die Glotze lief und seine Frau noch einige wichtige Notizen im Arbeitszimmer machte. Hund Jerry lag brav neben ihm und döste vor sich hin.

»Wenn wir jetzt nicht die Kurve kriegen, dann wird's ein böses Ende mit uns nehmen«, dachte er.

Einige seiner besten Freunde hatten bereits eine unschöne Scheidung hinter sich, weil niemand der Partner nachgab und sich im Recht fühlte. Weil niemand über seinen eigenen Schatten sprang.

Aus einem liebevollen »Ich dich auch« wurde mit der Zeit ein böses »Du mich auch!«.

Was für eine schreckliche Vorstellung.

Der geniale Gedanke kam Andreas dann kurz nach der Tagesschau. Er sah im ZDF eine dieser beliebigen Familienserien, wo alle harmonisch am Tisch saßen, der ansehnlich mit Blumen und Accessoires geschmückt war. Das Ehepaar sah sich verliebt an und die Kinder strahlten um die Wette, während der Hund auf dem Teppich zufrieden an seinem Knochen kaute.

Harmonie pur.

»Ja, genau so«, dachte sich Andreas.

»Morgen wird's eine Überraschung für Hannah geben!«

Einen Tag später gegen 16:30 Uhr
Es war so weit. Das ganze Wohnzimmer sah tadellos aus. Der Boden glänzte, es waren keine leeren Verpackungen mehr zu sichten und sogar die Fenster mit Blick zum Garten waren streifenfrei geputzt. Auf dem Wohnzimmertisch waren Teller und Gläser mit farblich abgestimmten Untersetzern angeordnet.

Ein frischer farbenfroher Blumenstrauß rundete den stimmungsvollen Gesamteindruck ab.

In der ebenfalls sehr ordentlichen Traumküche roch es verführerisch nach einem knusprigen Braten, der im Ofen nur noch wenige Minuten brauchte. Kartoffeln und Gemüse wurden bereits auf kleinen Stövchen warmgehalten.

Alles schien perfekt.

Andreas selbst sah top aus.

Er hatte sich schon früh am Morgen vom Friseur seines Vertrauens die Haare schneiden lassen und trug endlich einmal wieder seinen lässigen blauen Anzug. Das weiße Hemd passte perfekt dazu. Eine Krawatte ließ er weg. Zudem lag ein Hauch von Paco Rabanne in der Luft, welches sein Lieblingsparfum war.

Was für eine Wandlung. Hannah würde in wenigen Minuten nach Hause kommen und Bauklötze staunen.

Er holte den Braten aus dem Ofen, nahm alle warmen Speisen mit ins Wohnzimmer und platzierte alles auf den schön dekorierten Tisch.

Er füllte die Gläser mit Mineralwasser der Marke Vichy Catalan und öffnete die gute Flasche Rotwein. Zum Schluss wurden die Kerzen angezündet, die für die perfekte Stimmung sorgen sollten.

Dann ging Andreas noch einmal kurz ins Bad, um sich zu vergewissern, dass alles an ihm stimmte.

Und das war wohl der einzige Fehler, den er an diesem Tag machte.

Fünf Minuten später klingelte Hannah an der Haustüre und in der Tat war die Überraschung groß:

Ihr Ehemann stand mit vollgekleckertem Anzug und einem nicht mehr allzu weißen Hemd im Türrahmen, umgeben von einem Duft aus Rotwein und Bratensoße.

Auch im Wohnzimmer sah es nicht besser aus. Der Boden war voller Rotkohl und Bratenresten. Auf dem Tisch war ein farbintensives Gemisch aus Kartoffeln und Blumen und Kerzenwachs zu erkennen. Das ganze Arrangement hatte einen surrealen Charakter.

Andreas, der wie ein Häufchen Elend auf Hannah zukam, seufzte:

»Der Hund, Hannah. Alles nur der Hund.«

Und tatsächlich saß Jerry schuldbewusst in seinem Körbchen und hatte noch ein Stück vom saftigen Braten in seinem Maul.

Hannah lachte laut auf, nahm ihren Ehemann in den Arm und gab ihm einen langen zärtlichen Kuss. Dann flüsterte sie ihm ins Ohr:

»Oh Mann, das hast du alles für mich gemacht? Wie lieb du doch bist, mein Schatz. Na ja, dann lass uns später eine Pizza bestellen und uns jetzt einfach mal zum Nachtisch übergehen, schöner Mann.«

Sie nahm ihn an die Hand und führte ihn verheißungsvoll lächelnd hinauf in die obere Etage.

Pavel der Glücksbote

In meiner Kindheit liebte ich die Kinderserie »Neues aus Uhlenbusch«, die das Leben von Erwachsenen und Kindern in einem norddeutschen Dorf zeigte. Das zugehörige Lied vom Gockel Konstantin sangen wir Kleinen vor dem Fernseher mit und freuten uns auf die neuen Abenteuer von Onkel Heini, der als freundlicher Postbote so manche Konflikte im Ort löste.

Tatsächlich gibt es solche liebenswerten Briefzusteller auch heutzutage. Diese tragen allerdings farbenfrohe Uniformen, fahren mit einem Elektrowagen statt mit einem alten klapprigen Rad von Haus zu Haus und dürfen auch einmal unrasiert sein.

Doch das Herz für Mensch und Beruf ist geblieben …

***

Pavel liebte seinen Job bei der Deutschen Post. Das Leben als Zusteller war abwechslungsreich, nie langweilig und die meisten Bewohner im Kölner Stadtteil Libur waren umgänglich und freundlich. Hier gab es keinen Supermarkt, keinen Bäcker und nicht einmal einen Kiosk. Dennoch waren die Bewohner in ihrem Viertel sehr zufrieden, pflegten eine gute Nachbarschaft und sorgten für ein Gemeinschaftsgefühl.

»Ist es nicht das Größte, wenn man dort wohnen darf, wo man auch arbeitet?«, sagte sich Pavel immer wieder, wenn er Briefe, Pakete und Werbung von Haus zu Haus zustellte.

Er kannte jeden seiner Kunden persönlich, nahm sich die Zeit für ein kleines Schwätzchen und wurde von allen Mitbürgern freundlich gegrüßt.

Er wusste, wann Frau Müller im Urlaub war, und dass er bei Familie Schmidt auf den frechen Hund achten musste, der irgendwie eine Apathie gegen Postboten hatte. Er half dem alten Herrn Maier beim Tragen seiner Einkaufstasche und war tief betrübt, wenn er einem Nachbarn einen schwarz umrandeten Briefumschlag überreichen musste.

Pavel hatte stets ein Herz für seine Mitmenschen.

Zudem war er ein überaus zuverlässiger Briefträger. Wurde ein Kunde nicht zu Hause angetroffen, dann gab er das Paket oder Päckchen beim Nachbarn ab oder legte die Sendung an einem anderen Ort ab, sodass kein Liburer Bürger umständlich zur nächsten Poststation fahren musste.

Pünktlichkeit war ihm wichtig und das galt auch bei schlechter Wetterlage mit Regen, Wind oder Schnee.

Nie gab es Beschwerden, dass die Post zu spät oder gar beschädigt zugestellt wurde.

Jeden Morgen in der Früh, wenn alle anderen noch schliefen, machte sich Pavel auf den Weg zum Dienst. Er verteilte alle Sendungen seiner Zustelltour in die einzelnen Spinde, die mit Straße und Hausnummer versehen waren. So konnte er bequem auf einen Blick sehen, welcher Nachbar heute Post von ihm bekommen würde und wer nicht.

Das Fach mit dem Aufkleber »Heckenweg 67« blieb meistens leer. Dies gehörte zur Wohnanschrift der betagten Frau Frederike Sänger, die vor Jahren ihren Mann verloren hatte und nun ganz allein in Libur lebte.

Es gab keine Kinder, keine Geschwister oder Bekannte, die zu Besuch kamen. Weder Urlaubskarten noch Briefe oder Pakete waren an den Heckenweg 67 adressiert. Das Verteilfach wurde selten bedient und wirkte wie verwaist neben all den anderen, gut gefüllten Fächern.

»Einsamkeit ist das Los von uns alten Menschen«, sagte Frau Sänger einmal mit traurigem Blick zu Pavel.

»Kurze Gespräche mit der Nachbarschaft, hin und wieder ein Plausch beim Einkauf oder ein Schwätzchen mit dir, lieber Pavel. Das sind meine kleinen Freuden des Alltags. Der Rest meiner Woche besteht aus Radio und dem Fernsehen. Fremde Stimmen und fremde Menschen auf dem Bildschirm sind meine täglichen Begleiter.«

Pavel dachte jeden Morgen betrübt an diese Worte, wenn er die Post für seinen Zustellgang verteilte und das Fach von Frederike Sänger leer blieb. Er selbst hatte unzählige Freunde und Verwandte sowie seine eigene Familie. Da konnte er sich kaum vorstellen, wie es sein mochte, ganz allein zu sein.

Tag und Nacht.

»Da muss doch etwas zu machen sein«, sagte er sich.

»Niemand sollte so einsam durch das Leben gehen müssen. Ganz gleich, wie alt man ist!«

An einem Abend mit seiner Familie am Tisch kam ihm eine geniale Idee in den Sinn und er lächelte vergnügt. Das müsste doch irgendwie zu schaffen sein. Frau Sänger würde staunen!

Eine Woche später

»Post für Sie, Frau Sänger«, sagte Pavel freundlich und überreichte der völlig erstaunten alten Dame eine Karte mit einem herrlichen Strandmotiv.

»Ich wünsche noch einen guten Tag. Bis Morgen, Frau Sänger!«

Frederike Sänger pochte das Herz vor lauter Aufregung. Sie setzte sich in ihren bequemen Sessel und schaltete den Fernseher aus. Dann betrachtete sie die Urlaubskarte, die vom Motiv her aus Italien stammen musste, und vergewisserte sich, dass wirklich ihre Adresse auf dem Adressfeld stand.

Natürlich war alles korrekt. Auf Pavel war Verlass.

Dann las sie den Text:

»Liebe Frau Sänger. Viele Grüße aus dem sonnigen Sizilien sendet Ihnen Familie Langfeld. Wir hoffen, Ihnen geht es gut und Sie freuen sich über diese schöne Urlaubskarte. Wir wünschen Ihnen einen wunderbaren Sommer in unserem Libur. Bis bald und bleiben Sie bitte gesund.«

Tatsächlich wohnten die Langfelds einige Häuser weiter im Heckenweg 75. Frederike war überglücklich, konnte noch immer nicht fassen, dass diese Karte für sie bestimmt war, und las den Text wieder und immer wieder.

Wie zauberhaft das doch war.

Die Karte bekam sofort einen Ehrenplatz auf dem Schuhschrank in ihrer Diele.

Nur einen Tag später klingelte Pavel erneut an ihrer Türe. Er hatte dieses Mal ein kleines, an sie adressiertes Päckchen dabei, und sagte lächelnd:

»Bis Morgen, liebe Frau Sänger. Haben Sie einen schönen Nachmittag!«

Dieses Mal waren selbstgebackene Plätzchen in der Sendung enthalten und eine kleine handgeschriebene Karte von Regina Walters, einer ehemaligen Nachbarin, die nun in Würselen bei Aachen wohnte.

Frederike Sänger strahlte vor Glück und Freude und probierte vom frischen Gebäck, was herrlich schmeckte. Dann rief sie die Nummer an, die auf der Karte stand, und bedankte sich für das herrliche Präsent. Sie sprach fast eine Stunde lang mit ihrer alten Freundin, die bis vor drei Jahren noch nebenan gewohnt hatte.

So erfuhr die alte Dame auch, dass sie Pavel dieses Päckchen zu verdanken hatte, der wohl über Facebook Kontakt mit Regina Walters aufgenommen hatte.

Pavel, was für ein lieber Kerl. Er musste wohl auch Kontakt zu den Langfelds aufgenommen haben, die derzeit in Italien verweilten.

Frederike weinte vor Glück. So lange hatte sie keine persönliche Post mehr erhalten. Sie schaute auf die Urlaubskarte aus Italien, dann auf das Päckchen aus Aachen und merkte erst jetzt, dass sie weder das Radio noch den Fernseher angestellt hatte.

Welch ein Zauber!

Am nächsten Morgen stand Frederike Sänger nervös an der Haustür und hielt eine Schachtel Pralinen in der Hand. Der freundliche Postbote Pavel sah sie schon von Weitem, winkte ihr zu und rief:

»Guten Morgen, Frau Sänger. Ich habe schon wieder Post für Sie. Ich glaube, ich habe sogar die Handschrift erkannt. Meine Frau ist gerade in Schweden und niemand schreibt so sauber und leserlich wie sie.«

Eine strahlende Frederike Sänger lief dem Postboten entgegen, umarmte ihn innig und überreichte ihm mit Tränen in den Augen die Packung mit dem süßen Inhalt.

»Danke! Wie zauberhaft, dass es noch Herzmenschen wie dich gibt, lieber Pavel«, flüsterte sie ihm ins Ohr.

»Du wirst es nicht glauben, aber ich werde am Wochenende Richtung Aachen fahren und meine alte Freundin Regina besuchen. Das alles habe ich dir zu verdanken. Das wird mein erstes Wochenende seit Jahren sein ohne Radio und Fernseher.«

Pavel lächelte sie an und erwiderte:

»Liebe Frau Sänger, ich hoffe doch sehr, dass wenigstens Ihre Nachbarn vom Heckenweg 65 am Samstag zuhause sind. Denn die müssen dann ein Paket annehmen, was wohl zu Ihnen unterwegs ist!«

»Was, ein Paket? Für mich? Wer schickt mir denn ein Paket?«, wollte die gute Frau wissen. Doch Pavel lächelte nur und sagte:

»Das, liebe Frau Sänger, ist eine Überraschung. Ich möchte nicht allzu viel verraten. Aber es kommt von Herzen!«

Dann lachten beide und umarmten sich erneut.

Hund im Bett

Zum Ende meiner kleinen Reise muss ich euch unbedingt noch die Geschichte zu unserem Welpen Timmy erzählen.

Er bereichert unser Leben seit gut achtzehn Monaten und hat unsere Herzen im Sturm erobert. Und dies in einer Zeit, wo es um Masken und Impfungen und ganz viel Angst ging.

Was doch so eine kleine Fellnase alles bewirken kann …

***

»Wenn ich im Ruhestand bin, legen wir uns einen Hund zu«, sagte ich zu meiner Frau vor einigen Jahren und fuhr fort:

»Ein Hund hält dich auf Trab, wenn das gewisse Alter kommt und die Genügsamkeit. Der muss mindestens dreimal am Tag Gassi, wenn man nicht will, dass er in die Wohnung macht. So schlägst du gleich zwei Fliegen mit einer Klappe. Erstens kommt Leben in die Bude. Zweitens bleibt dein Mann fit wie ein Turnschuh!«

Während ich diese überaus weisen Worte sprach, lag ich mit meiner Wohlfühlkleidung (meine Frau nennt es »Gammel-Look«) ausgestreckt auf der Ledercouch mit kleinem Bäuchlein Richtung Himmel, Kaffeetasse zur Linken und Tüte Chips (dreißig Prozent fettreduziert der Marke Lays) zu meiner Rechten.

Keine Ahnung, warum sie gerade jetzt bei so einem ernsten Thema lachen musste.

»Ja, plan du das mal, Manni Draga!«, sagte sie beiläufig und wusste ganz genau, dass es bis zu meiner Rente noch gut zehn Jahre sein sollten.

Dann kam Corona!

Auf einmal wurde der Job im Büro zur Gefahr für Leib und Leben. Kollegiale Zusammenarbeit in einem gemeinsamen Zimmer kam einem Todesurteil gleich durch die feinste Verteilung von Schwebeteilchen in der Luft. Aerosole zwangen uns zu einer neuen Art des beruflichen Alltags: dem digitalen Austausch miteinander per Skype oder Teams über das Homeoffice!

Innerhalb kürzester Zeit wurde das Zuhause in Köln Porz mein neues Büro und der

Wohnzimmertisch mein neuer Arbeitsplatz. Anzüge und gebügelte Hemden blieben unberührt im Schrank. Bequeme Kleidung war angesagt. An dieser Stelle einen lieben Gruß an Andreas aus meiner Geschichte »Überraschung«.

Liebgewonnene Kollegen, die man ansonsten im Büro oder im Türrahmen stehend ansprach, sah ich nun digital auf dem Bildschirm. Es war beruhigend zu sehen, dass die meisten ebenfalls einen gemütlichen Style bevorzugten. Lediglich eine Kollegin war auch schon morgens um 7:00 Uhr perfekt gekleidet mit Sakko und Rolli.

Chats per Video waren absolut neu für uns. Die Cams mussten optimal positioniert und die Mikrofone aktiviert werden, was nicht immer auf Anhieb gelang. Noch viel schlimmer war es aber, wenn das Mikro versehentlich angeschaltet war. Da kamen bekannte oder auch völlig unbekannte Geräusche über den Chat rein, die ich nie mehr in meinem Leben vergessen werde!

Ich könnte so einige dieser Missgeschicke von mir und anderen aufführen. Da wäre zum Beispiel …

… nein, ich schweife ab.

Es geht hier um den Hund!

Tatsächlich bot Corona auch die Gelegenheit, erneut das Thema Welpenerwerb zu diskutieren. Denn Zeit war da und ich war so gut wie immer daheim. Warum sollten wir nun bis zu meiner Rente warten?

Also stöberten Ulrike, Sohnemann und ich durchs Internet und suchten nach einem Hund fürs Leben. Klare Vorstellungen hatten wir schon, was die Details betraf:

Welpe / möglichst jung / ein Rüde / nicht zu groß / nicht zu klein / kein wilder Frechdachs / kein Langweiler / pflegeleicht / gerne familientauglich / eine Mischung aus Pudel und Malteser / geeignet für Allergiker / helles Fell / vier Beine und eine freundlich wedelnde Rute.

Eigentlich völlig easy zu finden, oder?

Tatsächlich aber gingen Wochen ins Land, ehe wir den ersten Züchtern auf ihr Inserat schrieben und unser Interesse bekundeten. Doch da war es meist schon zu spät und der angepriesene Welpe seit Tagen verkauft.

Ganz Corona-Deutschland war anscheinend in so einem Hunde-Katzen-Vogel-Hamster-Meerschweinchen-Rausch. Millionen von Bundesbürgern hatten nun ihren Arbeitsplatz direkt neben Schlafzimmer, Bad und Küche. Alles, was zum häuslichen Glück fehlte, war ein Haustier.

Da tat sich eine wahre Marktlücke auf mit dem Verkauf von Tieren und die Preise stiegen innerhalb weniger Wochen in schwindelerregende Höhen. Man musste quasi entscheiden, ob man drei Wochen Urlaub in der Karibik verbringen wollte oder sich in einer ähnlichen Preislage einen Hund anschaffen sollte.

Es gab sogar einen Appell des Tierschutzbundes, dass man sich die Anschaffung eines Haustiers gut überlegen sollte. Denn die Pandemie würde eines Tages enden, die Möglichkeit auf Homeoffice auch. Doch Hund, Katze oder Hase wären auch nach Ende von Corona im Haushalt gegeben. Was für eine verrückte Zeit!

Anfang Oktober 2021
»Neun kleine, süße Maltipoo-Welpen vom Züchter abzugeben in Dortmund. Zum Festpreis!«

So lautete ein Inserat, auf das wir aufmerksam wurden und auch die zahlreichen Fotos der kleinen Fellknäuel machten Laune. So schrieb ich unmittelbar an den Inserenten und bekam auch prompt eine Antwort per E-Mail:

»Sie sind die ersten Interessenten auf unsere Anzeige und alle neun Welpen sind noch zu haben! Gerne können wir für den kommenden Freitag einen Termin für eine erste Besichtigung der kleinen Frechdachse ausmachen. Sie haben noch die freie Wahl!«

Wir meldeten uns für den Nachmittag an und spürten zum ersten Mal, dass wir tatsächlich in Kürze einen eigenen Hund zuhause haben sollten.

Der Freitag kam und die Spannung und Nervosität nahmen zu.

»Na ja, lasst uns nur mal schauen!«, sagte ich kurz vor der Abreise nach Dortmund mit einer Mischung aus Freude und Skepsis. Immerhin hatten wir bislang keinen Treffer gelandet. Doch diese sieben Worte leiteten den Beginn von etwas ganz Großem und Schönem ein.

Natürlich waren alle neun Maltipoo-Welpen hinreißend und wahre Herzensbrecher. Es gab drei wilde Mädels und vier noch wildere Jungs. Lediglich zwei Rüden ließen es langsam und scheu angehen. Sie suchten nicht die Nähe zu uns, blieben sorgsam auf Abstand und fielen daher ganz besonders auf.

Über eine Stunde saßen wir dort im Garten, beobachteten diese beiden Zwerge und nahmen sie auf die Hand. Uns war schnell bewusst, dass wir einem dieser beiden scheuen Welpen ein Zuhause geben sollten!

So fiel die Wahl auf Timmy, der in wenigen Wochen zu uns nach Köln Porz kommen würde. Was für ein Gänsehautmoment.

Hurra, wir hatten endlich einen Hund!

Nach dem Motto »Vorbereitung ist das halbe Leben« kauften wir fleißig ein, damit es Timmy an nichts mangeln sollte.

Bald war unser Wohnzimmer voll mit Fressnapf, Wassernapf, Hundespielzeug, Welpenschutzgitter, Transportbox klein, Transportbox groß, Wohlfühlkorb und vielen anderen Dingen.

Hinzu kamen Kranken- und Haftpflichtversicherung, ein Impfausweis, die Anmeldung für die Hundesteuer und zahlreiche Halsbänder und Leinen.

Kaum zu glauben, was es alles zu beachten galt für so einen kleinen Vierbeiner.

Es gab sogar YouTube-Videos, wo man sich als Besitzer eines Hundes zeigen lassen konnte, welches Futter zu welcher Rasse passt, mit welchen Tricks man sich als Herrchen Respekt verschafft und wie man erkennt, dass der Welpe sein Geschäft verrichten muss.

Nicht, dass ich diese Videos gesehen hätte. Ich habe dies nur vom guten Freund eines Nachbarn gehört, dessen Frau diese Filme angeschaut hatte.

Na ja, wenige Wochen später war Timmy da. Was für eine Freude!

Die ersten Tage war alles so aufregend für den Welpen und für uns. Man kann dies gerne als »gegenseitiges Beschnuppern« beschreiben. Timmy lernte seine Umgebung kennen, machte Bekanntschaft mit dem Garten und hatte schon schnell verstanden, dass die Gitterbox im Wohnzimmer sein Rückzugsort war.

In der ersten Woche schlief ich auf der Couch im Wohnzimmer, damit der Welpe in der Nacht nicht allein sein musste. Zudem wollte ich sichergehen, rechtzeitig in der Nähe zu sein, falls ein kleines oder großes Geschäft anstand.

Es waren kurze Nächte mit Winseln und Kratzen am Gitter und auch die Couch war für meine vierundfünfzig Lebensjahre nicht die Idealbesetzung. Am Morgen sah ich aus wie durch den Fleischwolf gedreht, während Frau und Sohn frisch und munter die Treppe hinabkamen, um den Rest der Familie zu begrüßen.

Ich muss fairerweise erwähnen, dass meine liebe Ulrike in den ersten Wochen nach der Geburt von unserem Sohn auch solche Nächte durchlebt hatte. Der Ehemann (ich) und zugleich frischgebackene Papa (auch ich) lag währenddessen ein Zimmer weiter entfernt und schlief friedlich durch.

Nennen wir es daher ausgleichende Gerechtigkeit.

Kennt ihr den Effekt, dass man mit Kinderwagen bewaffnet immer Heerscharen von Leutchen anzieht, die ihr »oh, wie süß« oder »ganz die Mama« bekunden wollen?

Nun, mit einem Welpen an der Leine war es nicht anders:

Gassi gehen war in den Anfängen eher so ein »von Haus zu Haus Entlanghangeln« oder ein

Stop-and-go. Kinder liefen auf uns zu, Nachbarn waren hellauf begeistert und selbst fremde Passanten sprachen uns auf die Fellnase an. Es gab sogar eine Zeit, da war man der Unsichtbare am Ende der Leine. Denn es war immer nur ein »da hinten ist Timmy« zu hören.

Irgendwann fiel der Blick dann zum anderen Ende der Leine, sodass Frauchen oder Herrchen nun auch endlich wahrgenommen wurden. Nachbarn und Freunde mussten dann selbst spontan lachen, weil ihnen auffiel, wie unachtsam sie uns gegenüber gewesen waren und wie sehr der Fokus auf Timmy lag.

Dann folgte diese Zeit, wo sich unsere liebe Fellnase zum Hausbeschützer entwickelte. Er bellte alles und jeden konsequent an, der sich dem Garten oder der Tür näherte. Ob Postbote, Zeitungsjunge, Nachbars Katze oder eine durstige Taube im Garten – alles war nun ein FEIND!

Dabei hatte Timmy die Angewohnheit, ohne Vorwarnung loszubellen. Ich kenne viele andere Hunde, die erst zaghaft knurren und sich so langsam steigern, bis das laute Anblaffen folgt.

Unser Vierbeiner jedoch startete von null auf hundert in einer Sekunde!

Auch war es Timmy völlig gleichgültig, zu welcher Zeit er bellte, sodass wir auch oftmals mitten im Tiefschlaf unsanft geweckt wurden und kerzengerade im Bett saßen! Und ich fürchte, das ging auch unseren lieben Nachbarn links und rechts so, die in heißen Sommernächten ebenfalls bei geöffnetem Fenster schliefen. Daher SORRY an dieser Stelle!

Dennoch war und ist Timmy der Liebling hier im Heckenweg. Ich kann mir keinen besseren Vierbeiner vorstellen. Er ist genau der Hund, der zu unserer kleinen Familie passt und unser Leben bereichert hat.

»Der Hund braucht klare Grenzen. Er hat seinen Bereich und darf nicht auf die Couch und erst recht nicht ins Bett. Er bekommt sein Hundefutter an seinem Platz und nichts zwischendurch. Daran sollten wir uns bitte alle halten!«

Das waren unsere Bedingungen, die wir im Familienbund aufstellten, bevor Timmy in unser Haus kam. Alles gute und einleuchtende Regeln, an die wir uns alle halten wollten.

Freitag, 09.06.2023, 11:40 Uhr
Während ich die letzten Zeilen meines Buchs schreibe, sitzt Timmy neben mir auf der Wohnzimmercouch. Allerdings auf seiner eigens dafür angeschafften Decke.

Er hat die Hälfte der Nacht im Bett zwischen Herrchen und Frauchen gelegen. Es ist nur eine Frage von Tagen, bis er auch Kopfkissen und

Decke vereinnahmt, während Frau und ich auf dem Boden schlafen.

Zum Frühstück gab es für Timmy eine Scheibe Schinken, ein wenig Käse (frisch von der Theke) und ein Hundeleckerli.

Tatsächlich muss ich selbst beim Schreiben schmunzeln.

Nein, wir haben sicher nicht alles richtig gemacht und den Hund allzu sehr verwöhnt. Aber hey, unsere Regeln waren nicht wie die zehn Gebote von Moses in Stein gemeißelt.

Wie kann man Timmy einen Wunsch verwehren, wenn er so niedlich mit seinen braunen Augen schaut, den Kopf leicht zur Seite neigt und die Ohren aufstellt?

Ich sehe, wir verstehen uns.

Noch schnell ein paar Worte ...

Mein erstes Buch ist tatsächlich fertig und niemand ist davon mehr überrascht als ich. Das dürft ihr mir gerne glauben.

Viele von euch haben mich bestärkt und motiviert, all diese Geschichten niederzuschreiben. Daher ist dies hier nun eure Seite mit einem dicken DANKESCHÖN für die Hilfestellung, das Herz und die vielen Anregungen.

Danke an meine beiden Lieben. Die Welt ist mit euch an meiner Seite bunt, aufregend, spannend, nie langweilig und einzigartig. Unser Dreierbund ist das größte Geschenk auf Erden.

Danke an Manuela Frahnert. Du hast gewusst, dass ich es schaffen kann. Du hast stets an mein Potenzial geglaubt.

Danke an die ganze 60er-80er-Retro-Family. Diese Reise mit euch ist noch lange nicht vorbei. Ihr seid mega.

Danke an meine Mama, an meinen Bruder Richard und meine Schwester Angelika. Schön, dass es euch gibt.

Danke an Nadine Zikofsky. Du hast mit viel Engagement nach Fehlern geschaut und geniale Verbesserungsvorschläge zu einigen

Geschichten gemacht. Das war Lektorat mit Herz.

Danke auch an Franziska Junghans und Team. Das Layout zum Buch wurde zauberhaft umgesetzt. Alles ist so geworden, wie ich es mir gewünscht hatte. Ach was, noch viel besser!

Zuletzt danke ich allen, die mich auf meinen Lebenswegen begleiten und mich so nehmen, wie ich bin.

Und damit meine ich DICH und DICH … und natürlich auch DICH!

D A N K E